teadue

Dello stesso autore in edizione TEA:

Le indagini dell'ispettore Ferraro
Per cosa si uccide
Con la morte nel cuore
Il giovane sbirro
I materiali del killer
Cronaca di un suicidio

Altri libri
Per sempre giovane
Nel nome del padre
Strane storie

Gianni Biondillo

Cronaca di un suicidio

Romanzo

Per informazioni sulle novità
del Gruppo editoriale Mauri Spagnol visita:
www.illibraio.it

TEA - Tascabili degli Editori Associati S.r.l., Milano
Gruppo editoriale Mauri Spagnol
www.tealibri.it

© 2013 Ugo Guanda Editore S.r.l., Parma
Edizione su licenza della Ugo Guanda Editore

Prima edizione TEADUE settembre 2014

Per disprezzare il denaro bisogna appunto averne, e molto.

CESARE PAVESE

Il silenzio non esiste. L'aria è umida, il mare calmo, niente, dappertutto, non un uccello, non una bava di vento. Ho cercato questo, per tutta la vita, ho cercato la pace, il silenzio. Qui, nel mezzo della notte, sospeso sull'abisso, il mio cuore batte, picchia nelle orecchie. Il silenzio non esiste. È ora di spogliarsi, voglio sentire l'acqua coprirmi le spalle, bagnarmi il capo, voglio andare a fondo, ascoltare il silenzio del mare. Devo fare attenzione alla lettera, tenerla fissa al legno, che non voli via per un repentino cambio d'umore del mondo. «Perdono tutti e a tutti chiedo perdono.» Un ultimo sforzo. L'acqua è calda, schiuma appena e poi si placa. La luna piena, le luci in fondo, sul litorale, sembrano friggere e dissolversi. È una notte perfetta per morire. «Non fate troppi pettegolezzi.»

LA BARCA

1

Giulia lo aveva portato in giro per le rovine di Ostia Antica con la stessa serietà nel volto e lo stesso luccichio entusiasta negli occhi che aveva sua moglie (ex moglie, ma lui il prefisso lo scordava sistematico) quando cercava inutilmente di educarlo al bello, ormai troppi anni fa. Prima la grande, poi la piccola, le donne della sua vita sembrava si fossero passate il testimone, quasi non volessero abbandonarlo a un'esistenza fatta di brutalità, birre davanti al televisore e spazzatura surgelata da scaldare nel microonde.

Ostia era perfetta. Bella e ad un tiro di schioppo dall'appartamento di Elena, che questa estate a Roma non c'era, aveva preferito la casa dei suoi in Abruzzo, più ventilata. Così gli aveva prestato più che volentieri l'abitazione, sapendo che Michele non ci avrebbe mai portato donne di malaffare, ma solo una figlia adolescente desiderosa di abbeverarsi d'arte e di storia. A conti fatti un bel risparmio per le magre tasche del poliziotto, ché soldi per organizzare una vacanza come si deve, in quest'anno di crisi economica, proprio non ce ne erano.

Da turista Roma gli metteva meno ansia. Viverci mai, l'aveva fatto per qualche anno e ne era uscito con le ossa rotte, ma tornarci, così, bighellonando, gli faceva quasi piacere. Rivedere alcuni colleghi, mangiare in qualche osteria, godere del vento di ponente. Che, oggi, ad essere sinceri, non soffiava. Forse dovremmo vivere tutti in una brutta città, pensava, in qualche periferia anomica, grigia, senza verde, senza nulla, così da poter apprezzare per davvero le cose di valore. Crescere in un centro antico, alla fin fine, significa anestetizzarsi di fronte ai capolavori sottocasa, darli per scontati. Meglio stare lontani, insomma, da cotanto splendore, meglio una casa in via Padova, a Milano.

Scuse un po' truffaldine, da cialtrone, è chiaro. A meno di non ammettere a se stesso che il quartiere dove viveva era brutto per davvero, grigio e senz'anima, e invece lui lo trovava bellissimo. Non s'era trovato con Roma a suo tempo, tutto qui, può capitare; però, per quanto impenitentemente meneghino fosse, doveva farsene una ragione che la capitale era un'altra cosa, un altro pianeta. E che Milano, bella finché vuoi, il mare non ce l'aveva. Punto.

Quindi, scavi archeologici al mattino, ché ancora si poteva girare senza boccheggiare dal caldo fra le pietre traforate dai secoli, e poi, dopo le penne arrabbiate al punto giusto e un bianco fresco all'ombra di un gazebo, un bel bagno ai lidi di Ostia. Una sorta di paradiso in pillole, un modo spiccio per capire il senso ultimo della felicità.

2

S'erano tuffati appena dopo mangiato, indifferenti ai precetti di ogni madre italiana che si rispetti. Una specie di strappo alla regola che li rendeva complici. Fin da bambino Ferraro odiava i suoi coetanei svedesi o tedeschi, sempre in acqua, mentre lui doveva aspettare ore prima che la madre gli permettesse anche solo di mettere un alluce sul bagnasciuga. Eccesso di zelo, o consapevolezza che la parmigiana di melanzane era più difficile da digerire che quei pranzi frugali dei bambini del Nord.

Francesca non era la tipa che imbottiva come una lasagna la figlia, ed infatti Giulia cresceva sana e longilinea a differenza di molte sue coetanee, ma le era rimasta, cuore di mamma, una paura panica e irrazionale nei confronti dell'apparato digerente infantile. Ferraro se ne fotteva. Sapeva che un adolescente brucia tutto, digerisce tutto, tutto sopporta. E poi il caldo era davvero opprimente, un bel bagno era quello che ci voleva.

Dapprima lottarono un po', schizzandosi in faccia l'acqua salata, poi Giulia volle inoltrarsi al largo, dove non si tocca. Qui Ferraro doveva decidere se essere altrettanto ansioso quanto la madre (e lo era, forse anche di più) o fingere sicumera e seguirla nella perlustrazione dei fondali. Certo, il Tirreno non è il Mar Rosso, ma bastano un paio di occhialini per fingere avventure salgariane. Così, fra immersioni sotto il pelo dell'acqua e bracciate generose, Ferraro, pover'uomo, iniziava a sentire una certa fatica. Mai stato un gran nuotatore, e poi gli anni passano per tutti, lui compreso. Non aveva però voglia di dichiarare la sconfitta nei confronti delle nuove generazioni. Chiedeva ogni tanto alla figlia se fosse stanca, sperando in un suo sì che non arrivava mai.

«Però se sei stanco tu dimmelo» gli disse lei, con voce brillante, umiliandolo involontariamente. O forse no. Forse c'era la volontà di dargli del vecchio, quello che, gli piacesse o meno, era agli occhi della figlia.

«Come ti permetti?» disse, fingendo indignazione. E si inabissò nuovamente alla ricerca delle gambe della figlia. Ma lei, più repentina, lo imitò. Poi ciò che non poté la stanchezza fecero i polmoni affaticati. Uscì dall'acqua e tirò il fiato. Alcuni secondi dopo emerse anche Giulia.

«Torniamo?» chiese il padre.

«Attento!» urlò la figlia, volgendo lo sguardo oltre le sue spalle.

Sorrise: «È vecchio come trucco».

Della serie: lo facevo anch'io alla tua età, non credere che ci caschi.

Infatti non ci cascò. Andò a sbatterci contro.

«Ma che cazzo...»

Una barca alla deriva, nel mezzo del nulla. E lui che ci picchia la testa. Mai che la sfiga lo perdesse d'occhio!

«Ehi!» urlò infervorato. «Guarda dove vai!»

«È vuota» disse la figlia. «Non c'è nessuno sopra.»

Questi sono pazzi, pensò. Ma come si fa a lasciar andare alla deriva una barca, ma si rendono conto?

Giulia fece due bracciate e si attaccò al bordo dell'imbarcazione.

«Cosa fai?» chiese, come se guardare non bastasse a capire.

«Salgo, magari è successo qualcosa...»

Quattordici anni. Tutta la madre. Niente mezze misure, subito sul pezzo. Quanto ci fosse del suo patrimonio genetico in quella ragazzina lui non lo riusciva a valutare. Forse era meglio così, meglio che avesse preso dalla madre, l'importante era che nella vita non trovasse un uomo come lui, così poco determinato, così pigro, accidioso.

«Aspetta, vado io...»

Agganciò il bordo dello scafo e cercò di dimostrare a se stesso che i suoi bicipiti erano all'altezza del compito. Inutilmente. Caro il mio Chiodo, gli anni passano e il ventre cresce.

Giulia, agile, era già su, neppure fosse Catwoman.

«È vuota.»

«Dammi una mano» disse, affannato.

La ragazza si inginocchiò e allungò un braccio.

«Dai, su... muoviti ciccione.»

L'ingresso ventrale nel guscio legnoso fu tra i meno atletici che la storia della navigazione ricordi.

«Ciccione?» chiese, umiliato e offeso.

«Ma dai... ti prendo in giro, lo sai che tu sei sempre il mio papino.»

Praticamente un'iniezione da cavallo di sedativo dell'orgoglio. Ora avrebbe potuto dirgli le peggio cose che lui le avrebbe accettate senza fare una piega. Era ancora – ma per quanto ancora? – l'uomo della sua vita. Il suo papino.

3

Dire che la barca fosse vuota sarebbe uno sbaglio. Certo, non c'era nessuno a bordo. Ma i resti di un passaggio umano, quelli non mancavano. Metafora perfetta, a pensarci, dell'esistenza. Navighiamo su una barchetta, presi dai marosi, e quando ce ne andiamo lasciamo alle nostre spalle oggetti, masserizie, ciarpame, che raccontano di noi più di quanto immaginiamo.

Un paio di scarpe, dei pantaloni, una camicia, una giacca, persino della biancheria intima. Qualcuno s'era spogliato, completamente. Tutto era messo in bell'ordine. Non era roba da gita in barca. Abiti di buon taglio, semplici, ma da città. Nessuna attrezzatura da immersione, o chissà cos'altro. Niente che facesse pensare a due o più persone, una vogata in solitaria, nudo. Perché?

Poi Giulia vide qualcosa: «Guarda...»

Un portafogli sembrava fare capolino dalla tasca interna della giacca. A furia di oscillare sulle onde aveva trovato una via di fuga, prima di soffocare sotto la tela di lino dell'indumento. Un desiderio di libertà, per chi se ne sta sempre al buio nei pressi di parti anatomiche sempre così poco poetiche: un'ascella o, peggio, una chiappa. Giulia fece per prenderlo.

«Non lo toccare» le intimò il padre. La ragazza ritrasse la mano come morsa da una murena.

«Che succede?»

Brutta roba l'istinto da sbirro: vedi male dovunque, anche dove non c'è.

«Scusa» le disse per tranquillizzarla. «Comunque è meglio non toccare nulla.»

«Mica volevo rubarlo...»

«Lo so, lo so.»

«Magari scopriamo di chi è la barca.»

Il padre non la stava già più ascoltando. Ispezionava l'imbarcazione come uno scanner. Sulla prua, ben protetto, notò un foglio scritto a mano infilato in una busta di plastica trasparente, il tutto tenuto fermo da un grosso sasso ben levigato. Avvicinò lo sguardo. Alle sue spalle la figlia.

«Che fai?» le chiese, girandosi. La vide in controluce e le parve la copia perfetta di sua madre da ragazza. Quanti anni sono passati?

«Leggo» disse lei, senza aggiungere altro.

Ferraro mosse lo sguardo fino a trovare la messa a fuoco. I cinquanta erano ancora lontani, ma mica poi così tanto.

Perdono tutti e a tutti chiedo perdono, c'era scritto. E sotto, appena coperto dal sasso: *Non fate troppi pettegolezzi.*

«So che cos'è» disse lei, mettendosi ritta.

«Cosa?»

«Quella frase... so cos'è... l'ho letta in un libro. È di Cesare Pavese.»

Quattordici anni e ha letto Pavese. Io a quattordici leggevo l'Uomo Ragno. Ma c'è ancora qualcuno, oggi, che legge Pavese?

«Davvero?»

«Me l'ha prestato un mio amico.»
«E chi è 'sto depresso?»
«Non lo conosci», scocciata.
«E perché non lo conosco?»
«Papà, dai, ma che c'entra?»

Sì, infatti, mancava solo la scenata di gelosia, su una barca instabile di fronte al litorale tirrenico.

«No, è che... è bello strano quello che ti presta il tuo amico...»

«Preferivi un truzzo che si sballa in discoteca?»

Touché. Meglio l'intellettuale depresso o l'edonista drogato?

Si sedettero uno affianco all'altra.

«Cesare Pavese» riprese lui.

«L'aveva scritto sulla prima pagina di un suo libro, prima di... di...» Non finì la frase, come se non ce ne fosse bisogno.

Non ce n'era. A lui Pavese glielo diede da leggere Francesca, trent'anni prima.

«Cazzo» disse fra sé, scoraggiato. Senza alcun senso iniziò a perlustrare tutto intorno alla barca.

«Che facciamo?» chiese la figlia, più agitata, quasi avesse finalmente realizzato di cosa stavano parlando. «Dobbiamo avvertire qualcuno, magari non è morto.»

Lui distolse lo sguardo dal nulla e la fissò.

«Ascolta, Giulia. Non correre con la mente. Noi non sappiamo niente, magari è uno scherzo.»

«Che scherzo da scemi è? E se si è suicidato per davvero?»

Ferraro tornò a guardare verso la spiaggia. Le case s'erano fatte più grandi, si potevano facilmente distinguere i bambini che giocavano sulla sabbia.

«Ci stiamo avvicinando a riva. Secondo me se facciamo due bracciate tocchiamo.»

«Lasciamo tutto così?»

«Non toccare nulla. Andiamo all'ombrellone, faccio una telefonata.» La fissò di nuovo. «Ok?»

La ragazza annuì. «Ok.»

Il suo tuffo fu elastico e bello. Poi toccò a lui. Spanciò.

4

«L'hai portata tu a riva?»

Tartaglia parlava senza guardarlo. Osservava con attenzione i poliziotti che analizzavano i reperti trovati nella barca.

«No, ma va'... me la sono fatta a nuoto.» Indicò verso la barca. «Sono stati i colleghi...»

«Mmm... ho capito...»

«Guarda comunque che c'è corrente. Quando siamo entrati neppure ce ne eravamo accorti della barca. Chissà da quanto è in acqua.»

Tartaglia ravviò i capelli, sbuffando. «Che brutta storia» disse fra sé. Poi, a Ferraro: «Che ne pensi?»

«Ti ho chiamato proprio perché non voglio pensarci.»

«Grazie, bell'amico!»

«Dai, Tartaglia... non mi porto il lavoro in ferie...»

«C'era bisogno di telefonarmi? Magari ho i cazzi miei da fare, no?»

«Lo sai come va a finire: fra deposizioni e tutto il resto non mi facevano più ripartire. Se ci parli tu col magistrato so che...»

Lo interruppe: «Quando te ne devi andare?»

«Ho il treno domani.» Mosse il mento verso la figlia, sdraiata sotto l'ombrellone. «Non voglio rovinarle la vacanza...»

«Già... dev'essere stata una bella botta.»

Si avvicinò un agente scelto, aveva le mani inguantate e il portafogli trovato sulla barca aperto. «Dottore...» mostrò dei documenti. «Giovanni Tolusso. Nato in Svizzera, ma è italiano...»

«Dove abita?»

«Residente qui a Roma, Monte del Gallo.»

«Cos'è, verso San Pietro?»

«Sì, da quelle parti... è uno che fa cinema.»

«Un attore?»

«No, fa le cose... le scenografie.» Lesse, giudizioso: «Professione: sceneggiatore».

Ferraro e Tartaglia scoppiarono in una risata improvvisa, di quelle che ti rimettono in pace col mondo; l'agente scelto li guardò vagamente interdetto.

«Capisci perché ti ho telefonato?» chiese Ferraro all'amico, come fossero soli. «Qui va a finire che non ne esco più.»

Tartaglia annuì, asciugandosi gli occhi. «Va bene, dai, ci penso io. Vuoi che ti aggiorni?»

«Non me ne frega niente.»

Il giovane poliziotto non sapeva bene che fare, con quel portafogli aperto fra le mani. Sembrava persino dubitasse della propria esistenza terrena, manco fosse un fantasma che non riusciva a comunicare col mondo dei vivi.

«Dottore, io...» sibilò, timido timido.

«Sì, vai, vai...» lo interruppe Tartaglia, con un gesto della mano che sembrava scacciare una mosca molesta.

Ok, non era un fantasma, lo vedevano. E ridevano di lui, chissà perché. Ritornò verso la barca, coda fra le gambe.

I due rimasero zitti per qualche secondo, sguardo oltre l'orizzonte.

«Il corpo potrebbe essere ovunque.»

«O magari non c'è nessun corpo. Magari è uno scherzo del cazzo.»

«Non l'hai visto il portafogli? Era pieno di soldi. Se fai uno scherzo, almeno i soldi te li porti via.»

«Dovete solo aspettare...»

«Già... Quando sarà andato a fondo? Stanotte? Ieri?»

Non se lo dicevano, ma sapevano che nessun sommozzatore poteva trovare quel corpo, a meno di una intercessione di san Giovanni Nepomuceno, omonimo del morto e patrono degli annegati. Bisognava aspettare, crudele ma vero, che il corpo si gonfiasse come un pallone e tornasse a galla, sperando che non venisse dilaniato dai pesci.

«Che brutta morte...» disse Ferraro.

«Ne conosci una bella per caso?»

LA RACCOMANDATA

1

Giovanni Tolusso si svegliò di buon umore. Aveva sognato qualcosa che non ricordava, ma questo non era strano, aveva una attività onirica muta, senza memoria, che però gli lasciava al mattino sensazioni che poi si portava addosso nell'arco dell'intera giornata. Insomma, qualunque cosa avesse sognato quella notte era qualcosa di dolce, di positivo, di allegro. Forse aveva sognato Barbara, chi lo sa... Stava bene. Si sentiva bene, in pace col mondo, in armonia con le cose. Molto faceva il tempo. S'era alzato tardi, come al solito, e da dietro le tende guizzavano raggi luminosi: era una di quelle giornate primaverili che solo Roma sa regalarti a inizio dicembre. Un sole caldo, un'aria fresca e frizzante. Sotto la doccia s'accorse del calcare che otturava qualche buco, facendo schizzare l'acqua un po' a casaccio, si ripromise di nettare tutto al più presto.

Girava in accappatoio, appagato. Il soggiorno era completamente immerso nel sole e dalle finestre il cielo era sgombro e azzurro come carta da zucchero. Amava questa casa, se l'era conquistata mattone dopo mattone. Certo aveva da pagare una rata mensile del mutuo che avrebbe fatto venire la febbre a chiunque, però, insomma, da ragazzo mai avrebbe anche solo lontanamente immaginato di vivere in un appartamento così. Non era un castello, e lui non era un uomo ricco, almeno secondo certi standard che puntano troppo in alto, ma Giovanni era figlio di due emigranti friulani che in Svizzera s'erano rotti la schiena per portare a casa la pagnotta. Conosceva la fatica, conosceva la povertà.

Suo padre aveva iniziato da semplice manovale, semianalfabeta, sua madre faceva i servizi in casa di qualche svizzerotta con l'erre moscia, a Basilea, dove Giovanni era nato. L'infanzia l'aveva passata in quella città confinante con la Francia e la Germania. Quando tornavano in Italia, era per andare al paesello in provincia di Pordenone, dove, estate dopo estate, il padre costruiva la casa per la sua vecchiaia, con quella passione che hanno i bambini quando, nel chiuso della loro stanzetta, erigono grattacieli con il lego. Solo che i sacchi di calce sulle spalle pesavano, e Giovanni, che ogni estate, fin da ragazzino, era stato cooptato dal padre, lo sapeva benissimo.

Poi, quando Giovanni aveva circa dodici anni, la famiglia tornò in Italia, a Baranzate, alle porte di Milano. Fu uno shock per il piccolo Giovanni lasciare un mondo che conosceva alla perfezione per andare incontro ad uno assolutamente estraneo. Fossero tornati in Friuli sarebbe stato meglio. Conosceva quei luoghi, aveva qualche amichetto estivo col quale allacciare relazioni. Ma Milano... Milano gli faceva paura, non aveva mai visto una città così grande, persino Basilea, che minuscola non era, gli sembrava una piccola e graziosa cittadina al confronto di quei casermoni dove s'erano accasati.

Il padre era diventato capomastro di un grosso cantiere di espansione residenziale a sud est della città; da quello che aveva capito Giovannino, un grosso imprenditore venuto su dal nulla aveva acquistato dei terreni che nella variante del Piano Regolatore repentinamente approvata dalla giunta comunale, avevano cambiato repentinamente la destinazione d'uso da agricolo ad edificabile, facendo la sua fortuna improvvisa. Dell'imprenditore, ben inteso. Perché il padre, è vero che ebbe da lavorare per anni, ma maledisse la scelta di tornare in Italia. Tutto veniva fatto male, raffazzonato, senza alcuna sicurezza nei cantieri, al massimo risparmio. Tanto quanto ammiravano la sua professionalità in Svizzera, altrettanto la sua puntigliosità veniva interpretata come perdita di tempo dai capocantieri che si susseguirono nel tempo. Anni dopo si venne a sapere che quell'imprenditore i soldi per iniziare li aveva trovati grazie a traffici equivoci con la criminalità organizzata, ma questo il piccolo Giovanni non poteva saperlo, né gli interessava. Quello che sapeva è che lui a Milano, a Baranzate anzi, ci stava proprio male. Finì la terza media senza che avesse legato con alcuno e pure le superiori all'Istituto Cattaneo furono terribili. Sempre più chiuso, sempre più autoescluso, sempre più isolato, viveva in un mondo di fantasia fatto di fumetti e di televisione. Appena poteva, anche di cinematografi. Sempre da solo. La mamma non se ne preoccupava più di tanto; i figli delle sue colleghe – lavorava in un asilo privato come inserviente – il sabato sera uscivano, facevano le ore piccole, probabilmente si drogavano, quindi meglio un figlio timido ma sano e studioso. Poi con lo sviluppo, quando troverà la sua strada, tutto sarà più facile...

La sua strada, comunque, più che cercarla gliela aveva imposta – con autorevolezza, non con autorità, ma pur sempre imposta – il padre: non devi fare la mia vita, gli disse quando aveva tredici anni, un pomeriggio che per uno sciopero generale si ritrovarono a casa tutti e due, come non era mai accaduto. Fuori i bambini giocavano a pallone sotto un cielo grigio e freddo. Si sentivano le risa salire dal cortile e mentre il padre parlava, al figlio palpitava una specie di malinconia consapevole per una infanzia definitivamente perduta. Io so cos'è la fatica Giovanni, gli diceva, dimenticando che gliel'aveva fatta provare per molte estati la fatica, prima che la casa al paesello fosse finalmente terminata (una volta Giovanni quasi cadde dal tetto e il padre piuttosto che preoccuparsi della salute del figlio lo sgridò per la sua disattenzione, passando poi il pomeriggio a bestemmiare mentre rimetteva a posto le tegole marsigliesi divelte). So cos'è il mal di schiena, il freddo, i calli alle mani. Non devi fare la mia vita, Giovanni. Devi studiare.

Anni dopo, quando ormai il padre era sepolto nel cimitero del paese – si trasferì con la moglie appena andato in pensione e un tumore ai polmoni se lo portò via nel volgere di qualche mese – a Giovanni, tutte le volte che ripensava a quel pomeriggio d'inverno, gli tornavano su le lacrime, che subito scacciava. Era quello il modo del padre, orso di natura, di dirgli che gli voleva bene. Ma là, all'epoca, *consigliargli* di studiare non significava mandarlo al liceo classico, come voleva il ragazzino. Era roba da figli dei signori, nullafacenti e invertiti. Studiare, per il padre, significava, nel suo orizzonte ristretto, vedere il figlio piegato sui libri di topografia o di tecnologia dei materiali. Farai il geometra, gli disse. È un lavoro sicuro, in Italia quando il mattone va, tutto va. Darai gli ordini ai muratori e non ti sporcherai le mani. Non era un consiglio, era un'imposizione. Farai, gli diceva tacito, quello che io non ho fatto; proiettando sul figlio le aspettative piccine di un uomo che non aveva conosciuto nulla del mondo se non l'odore del cemento impastato con acqua e ghiaia. Era il suo modo di concepire l'ascensore sociale, come dargli torto?

Ed infatti Giovanni eseguì l'ordine impartito senza addurre motivazioni avverse. Studiò, buono e bravo, materie che non gli dicevano nulla, non lo entusiasmavano, che, anzi, lo annoiavano a morte. Ma aveva un'idea punitiva del lavoro, anticotestamentaria. Poi c'erano i romanzi, i fumetti, i dischi, i film. C'era l'altro mondo, quello della gioia, quello slegato dalla realtà, quello dove inventare storie nuove ogni giorno, dove muovere personaggi, dove insomma non sentirsi mai solo, come lo era stato dai dodici anni in poi. Solo e senza amici.

Si diplomò con un voto senza infamia e senza lode. Il padre parlò così tanto di lui al suo principale che gli trovarono quasi subito un lavoro. C'era da tracciare le fondamenta di una nuova lottizzazione. Armato di tacheometro passò settimane a disegnare nel nulla righe di gesso rosso sul terreno brullo, enormi schizzi in scala uno a uno di maglie regolari per i getti in calcestruzzo armato. E da quel cantiere, da quel momento, mese dopo mese, iniziò ad imparare cosa significa uscire da casa quando è ancora buio, passare le giornate nel freddo di una baracca di lamiera a rivedere il quaderno di cantiere, o ad aggiornare i computi metrici estimativi, sentire l'umido della sera incipiente, camminando nella palta per verificare i ferri delle armature, battendo i denti senza farlo troppo notare, perché spesso capitava dovesse redarguire operai che avevano gli anni del padre e non voleva sfigurare davanti a chi oltre al gelo doveva sopportare la fatica fisica. Per poi tornare a casa, nel buio della sera, esausto e condividere un bicchiere di rosso col padre orgoglioso di un figlio al quale aveva regalato per il diploma una mazzetta di biglietti da visita con su scritto: «Tolusso geom. Giovanni».

2

E pensare che di natura Giovanni era un distratto, un disordinato. Uno che sarebbe andato a letto alle quattro del mattino per alzarsi a mezzogiorno. E alle quattro, in effetti, ci andava per davvero: passava la notte sul primo computer che s'era comprato, dicendo che gli serviva per il lavoro, e invece lo usava – ma il padre che ne sapeva? – per scrivere le sue storie. Non aveva seguito alcun corso di scrittura, non sapeva neppure con certezza se le sceneggiature che digitava (aveva un immaginario filmico, mai gli era venuto in mente di scrivere un romanzo) avessero la formattazione standard o meno. Poi però alle sette c'era da alzarsi, e passava la mattina con delle occhiaie da malato se non, più d'una volta, col capo riverso sulle eliografie degli esecutivi aperte sul tavolo riunioni. Ci metteva impegno nel lavoro, ma non voleva altri obblighi oltre a quelli della professione. È per questo che della sua contabilità non s'era mai preoccupato. Dapprima perché prendeva la busta paga e ci pensava il commercialista della ditta; e poi, quando gli chiesero di aprire la partita IVA, perché affidò le sue carte ad un giovane ragioniere che stava studiando per diventare dottore commercialista. Marco, si chiamava, era figlio anche lui di un muratore, amico del padre.

Hai una contabilità semplice, gli diceva Marco. Se mi permetti di seguirla i primi anni te la faccio gratis, poi, più guadagni e più mi dai. A Giovanni sembrò un'ottima soluzione. Persino una cosa bella. Non aveva mai ricevuto gesti di generosità da parte di nessuno, e ora questo suo coetaneo, questo sconosciuto decideva di scommettere su di lui, sul suo futuro. Più guadagnerai e più mi pagherai. Marco gli piacque subito. Forse perché a modo suo gli somigliava. Non tanto fisicamente, erano alti uguale ed entrambi avevano capelli lisci e corvini, ma le somiglianze materiali finivano qui. Tanto quanto Giovanni era magro altrettanto Marco era pingue. Però, curioso, quando li vedevano assieme li scambiavano sempre per fratelli. Forse perché avevano entrambi lo stesso sguardo perduto, di chi fatica a capire la complessità del mondo. Giovanni si rifugiava nel suo universo immaginifico, Marco nella coerenza delle cifre, ma la fuga era la stessa.

Anche quando Giovanni cambiò mestiere, abitudini e città, Marco rimase l'unica certezza della sua vita. Si vedevano poco, due, tre volte l'anno, forse quattro, Giovanni andava nel suo ufficio – ormai Marco era diventato dottore commercialista e aveva aperto una sua attività con un buon portafoglio clienti – chiacchieravano del più e del meno, poi Giovanni tirava fuori le carte, le fatture, le spese e si salutavano. Per il resto c'era la posta elettronica, gli sms, o skype, inutile disturbare troppo. Ma a ben pensarci, quelle quattro volte l'anno erano gli unici momenti dove i due si raccontavano tutto, liberamente, come appunto due fratelli, della loro vita, delle frustrazioni, delle conquiste. Era – e Giovanni ne era più che consapevole – un chiaro indizio di come le loro fossero due vite solitarie. Ma in fondo si trattava di carattere e quello non lo puoi cambiare. Da quando la sua famiglia aveva lasciato Basilea, Giovanni non aveva mai avuto per davvero un amico. Con

Umberto per dire, l'avvocato che si occupava dei suoi interessi a Roma come agente, aveva un rapporto più che cordiale, spesso fatto anche di battute sagaci e stilettate nei confronti di tal produttore o tal regista, ma tutto restava confinato nell'ambito della professione. Fuori dall'ufficio, dalle parti di piazza del Popolo, non s'erano mai incrociati e se l'avessero fatto probabilmente avrebbero finto di non vedersi. Roma gli piaceva, ma forse lui non piaceva a Roma. O forse non era adatto a una città così voluttuosa. C'erano barlumi nordici, calvinisti, nel suo modo di intendere il mondo, poco adatti alla natura conciliante della capitale. Alle riunioni con gli altri sceneggiatori, quando c'era da fare i *brain storming*, o quando c'era da discutere della *continuity* (tutti quegl'inglesismi d'accatto lo innervosivano) arrivava, diceva la sua – ed era sempre la cosa giusta da dire – e andava via, senza legare mai con nessuno. Gli altri poi uscivano dalla sede della casa di produzione a Prati e andavano a farsi una birra al Pigneto. Le prime volte avevano pure provato a contattarlo al telefono, ad invitarlo alle loro scorribande (magari è solo timido), poi nel corso dei mesi lasciarono perdere.

Quindi, a ben vedere, quella con Marco, a modo suo, era la cosa che più assomigliava ad una amicizia. E quella con Barbara ad un amore.

Ma ora non ci voleva pensare a Barbara. Era una bella giornata di sole, aveva voglia di un cappuccino con un cornetto alla crema e di leggere il giornale al bar. Era felice, insomma. Per l'ultima volta felice, ma ancora non poteva saperlo.

3

Probabilmente avevano suonato alla porta. L'asciugacapelli faceva un rumore infernale, fu piuttosto una sensazione che una certezza. Giovanni guardò il piccolo orologio digitale appoggiato su una mensola del bagno: erano le dieci e mezzo. È l'ora di Giulio, pensò, e senza indugi si mosse verso la porta.

Non c'era la portineria nel condominio di Giovanni, quindi molto spesso Giulio, il postino, se nessuno gli apriva, faceva fatica a consegnare la posta. Nel tempo s'accorse che Giovanni all'ora del suo passaggio era in casa. Nacque una specie di accordo: Giovanni gli apriva, o gli teneva aperto il portoncino d'ingresso e Giulio, se c'erano pacchi, glieli portava direttamente su a casa. Insomma, un'altra di quelle curiose – *intramuscolari* – amicizie di Giovanni, fatte di rapporti brevi e ordinati, dove si poteva dire una battuta, o fare un commento ad un fatto di cronaca, senza dover entrare troppo nella vita l'uno dell'altro. Giulio era gioviale, simpatico e riusciva ad essere impiccione senza infastidire. Gli ci volle poco per scoprire il lavoro di Giovanni e non c'era mattina che non commentasse con lui tale puntata di tal fiction, o tale programma televisivo (che Giovanni non scriveva, lui si occupava solo di sceneggiati, ma per Giulio scrivere per la televisione implicava anche fare *reality* o *talent show*). Poi non era raro che fra i pacchi che riceveva – scartafacci, sceneggiature, contratti – ci fossero anche libri inviati dal produttore, o direttamente dalle case editrici. Quelli che non gli interessavano, Giovanni li regalava direttamente a Giulio, che in un paio d'anni aveva risparmiato non si sa quanti euro per i regali di compleanno ai suoi amici, facendoci pure una bella figura. Si sa, un libro si apprezza sempre, anche se poi non lo si legge mai.

Aprì e non vide nessuno. Sentì dei passi sulle scale. Sporse la testa evitando di uscire del tutto sul pianerottolo. I primi mesi a Roma gli capitava sovente di rimanere chiuso fuori. A Milano, quando non sono chiuse a chiave, le maniglie aprono anche da fuori le porte d'ingresso. A Roma invece all'esterno dell'anta c'è solo un pomello fisso, che non gira sull'ingranaggio. Bastava un colpo di vento, una disattenzione, e poi c'era solo da chiamare un fabbro per poter entrare a casa propria.

« Giulio? » sussurrò, poco convinto.

I passi sulle rampe si fermarono.

« Dotto', ce sta'? » Il rumore dei passi si fece più prossimo. « Nun m'ha sentito? »

« Mi stavo asciugando i capelli... »

Giulio sbucò sul pianerottolo, aveva in mano un paio di pacchi e una piccola risma di buste.

« E sse vede, me pare un matto! » disse ridendo.

Giovanni ravviò i capelli e sorrise abbassando lo sguardo.

« C'è qualcosa per me? »

« 'Na tonnellata... » e mentre lo diceva porgeva a Giovanni l'intero armamentario, atteso a braccia tese. « Me deve firma' un paio de ricevute... »

« Aspetta che appoggio... »

Mise tutto sul tavolino d'ingresso. D'istinto tirò su un

pacchetto morbido e mentre si avvicinava a Giulio lo aprì. Un libro. L'ennesimo giallo dell'ennesimo giallista nordico. Ci sono più giallisti in Islanda che nel resto d'Europa, pensò, dove li trovano i morti per le indagini, su Marte?

Giulio gli porse una penna, speculare Giovanni gli allungò il tomo.

«Tieni, ce l'ho già.» Non era vero.

«Grazie, dotto'...» Lo guardò. «Ao', un ggiallo, 'n'antro...» disse a Giovanni guardandolo firmare le ricevute: «Ma quand'è che moo scrive lei un bel ggiallo, magari su un postino...»

«... che suona sempre due volte...»

«E cce credo, lei sta senpre sotto aa doccia...» Rise e gli portò via le ricevute dalle mani. «La saluto, dotto'...» Poi indicò verso la posta sul tavolino. «E stia attento, là c'è robba che scotta, artro che ggialli...»

Giovanni girò lo sguardo verso la corrispondenza senza comprendere la battuta. Si voltò verso il pianerottolo, ma Giulio era già andato via. Boh, chissà che voleva dire.

4

C'era un pacco pesantissimo che gli mandava la produzione, con le sceneggiature aggiornate della fiction che parlava di una suora in odore di santità che, più tonica di un ninja, combatteva una guerra senza quartiere contro i demoni dell'inferno. La prima serie la stavano mandando in onda proprio in quei giorni e non stava avendo un gran share, ma per contratto dovevano già scrivere la seconda serie. Poi c'era una pubblicità di un'associazione umanitaria che chiedeva finanziamenti. La strappò e cestinò. C'era una cartolina da Londra, ma non era per lui; Giulio s'era sbagliato. Chi scrive ancora cartoline?, si chiese, mentre la metteva da parte, per distinguerla dal resto. Una copia di un settimanale a cui era abbonato, il pagamento trimestrale del mutuo, la bolletta del gas. Poi una raccomandata. Ecco cosa aveva firmato, pensava. Neppure ci aveva fatto caso. Una busta bianca, in formato A5, gonfia di carta. Equitalia, c'era scritto sul lato del mittente.

La aprì più incuriosito che altro. Che volevano questi? Mai una multa con la macchina, mai un ritardo nei pagamenti, era uno dei pochi del suo ambiente di lavoro che pagava pure l'abbonamento Rai, dev'essere senz'altro un errore.

La presente cartella ha valore anche di intimazione ad adempiere l'obbligo risultante dai ruoli in essa contenuti entro il termine di sessanta giorni dalla notificazione (art. 25, c2, del D.P.R. n. 602/1973).

Che diavolo significa? Intimazione? Obbligo? La curiosità volse all'ansia in un batter di ciglia.

In caso di mancato pagamento l'Agente della Riscossione procederà ad esecuzione forzata sulla base del ruolo, che costituisce titolo esecutivo (art. 4, c1, del D.P.R. n. 602/1973).

«Agente della Riscossione», in maiuscolo, quasi fosse una entità sovrumana. E poi «esecuzione forzata», e tutti quei riferimenti a leggi misteriose, quasi fossero formule magiche, esoteriche. Cosa stava succedendo?

Infine la botta. Una cifra che ballava sulla retina di Giovanni, come fosse uno scherzo di cattivo gusto. Un corpo più alto, in grassetto, proprio perché non se ne perdesse la consistenza, il peso, la gravità. Una cifra che lo irrideva, lui ormai in un ingiustificato panico, col cuore che palpitava e i pori che sudavano copiosi, emanando puzza di ormoni come un animale braccato. Somme dovute, c'era scritto, e poi un numero preceduto dal conio, proprio per evitare confusione, ché di soldi si stava parlando, di euro, di moneta sonante.

Somme dovute: euro 32.415, 27
Totale da pagare entro sessanta giorni dalla data di notifica.

Questo c'era scritto. Nero, nerissimo, su bianco. Sfogliò in preda alla frenesia i restanti fogli, pieni di schemi, cifre, tabelle, bollettini. Tutto gli diceva una cosa sola: sappiamo dove abiti, pensavi di farla franca ma ti abbiamo stanato. Sei un ladro, della peggior razza. Sei un imbroglione, tu non sai perché ma sei colpevole. E ora pagherai caro, pagherai tutto.

Per la prima volta da quando lasciò Basilea, ormai trent'anni prima, gli occhi gli si riempirono insensatamente di lacrime.

LA BICICLETTA

1

Pedalavano senza fretta per corso Buenos Aires, affiancati l'uno all'altra. Se lo potevano permettere, la carreggiata era sgombra. Sgombra ma non vuota, e questo dava da pensare a Ferraro; quando era bambino Milano era una città spettrale, vuota, con le serrande abbassate e nessuno per strada.

Certo, adesso che girava con la figlia era fine agosto, molti erano tornati dalle vacanze; certo, le fabbriche che chiudevano il trentuno luglio per riaprire l'uno settembre erano ricordi del secolo scorso; certo, gli uffici (ché le fabbriche a Milano ormai erano rare come certa fauna esotica protetta dal WWF) chiudevano seguendo calendari propri; certo, la fuga dal caldo torrido meneghino s'era spalmata su più fine settimana e le ferie stesse s'erano accorciate di qualche giorno, se non decade. Però quest'anno – inutile girarci attorno – molti non erano proprio partiti. Era un segno evidente della crisi economica. Decidere volontariamente di restare d'agosto in quest'inferno torrido era da suicidi, o da chi proprio non aveva alternative. E questo non solo nelle periferie, dove in fondo già da anni oltre la metà della popolazione le vacanze non le faceva mai, ma pure nei quartieri borghesi, quelli dentro la cerchia della circonvallazione esterna.

Comunque sia, sarà per il caldo, sarà perché molti uffici erano chiusi e chi avrebbe dovuto fare vacanze se ne stava in realtà rintanato in casa con il condizionatore a palla, la città era finalmente a misura di pedale.

Ferraro aveva riscoperto la bicicletta quando era tornato a Milano. Da ragazzino sfrecciava con la sua banda di perdigiorno in giro per il quartiere e oltre, ma in centro, dove gli edifici e il traffico si facevano più fitti non ci andava mai. Così, da adulto guardava sempre con sospetto i ciclisti che fra incidenti, polveri sottili e buche rischiavano la vita quotidianamente per il puro piacere di scorrazzare a Milano. Che poi sarebbe la città ideale per andare in bici, pensava: piatta come una tavola da biliardo e con sezioni stradali mediamente ampie, sembrava fatta apposta per essere percorsa in bicicletta. Peccato per la rete di piste ciclabili, così surreale e sporadica che le rare volte che se ne incontrava una era sistematicamente utilizzata come parcheggio o come deposito di deiezioni canine.

Era stata la figlia a fargli tornare la voglia. Lei girava con la stessa imprudenza che aveva lui alla sua età, con la differenza che a Quarto Oggiaro si sentiva protetto da un traffico in fondo contenuto, mentre Giulia sembrava avesse fatto un corso di sopravvivenza con la mountain bike. La seguiva in teoria per rassicurarla, in realtà moriva di paura ogni volta. E la figlia lo prendeva in giro e lo guidava a conoscere una città misteriosa per qualunque automobilista, fatta di scorciatoie, passaggi proibiti, rampe nascoste. Girando e rigirando si rese conto che i ciclisti erano molti di più di quanto immaginasse. Non solo quelli occasionali, pure quelli più estremi, integralisti, che pedalavano a qualunque ora del giorno e della notte, sotto il sole o sotto la pioggia, quasi tronfi del loro ruolo di educatori civici. Ma questo era un pensiero cattivo, qualunquista. La verità era che i milanesi amavano la bici ma Milano odiava i ciclisti. Anzi: a Milano tutti odiavano tutti. Gli automobilisti strombazzavano dietro ai gruppi di ciclisti che occupavano la strada impedendo loro di superarli; i ciclisti odiavano gli automobilisti che attentavano di continuo alla loro vita; i pedoni odiavano i ciclisti che, per evitare il traffico assurdo e senza una pista a disposizione, salivano sui marciapiedi ma restavano in sella, usando i pedoni come bandierine di uno slalom; gli automobilisti odiavano i pedoni che attraversavano la strada sempre fuori dalle strisce o col semaforo rosso, e così via. Una volta, andando verso casa, in via Padova, pedalando su quell'unico tratto di ciclabile presente all'imbocco di piazzale Loreto, sicuro d'essere nel giusto tintinnò il campanello a una coppia di pedoni che occupava la pista. L'uomo neppure si girò, come nulla fosse, la donna invece, infastidita, lo mandò a quel paese: «Ma vai sulla strada!» gli urlò dietro, furibonda. Probabilmente pensava che la colorazione rossa del pavimento fosse un curioso decoro urbano, non una indicazione viabilistica.

Ferraro e la figlia avevano appena superato piazza Lima quando a lui squillò il cellulare. Fece un gesto a Giulia, chiedendole di accostare. Quale sia la ragione che ci fa sentire l'esigenza di rispondere immediatamente ad una telefonata al cellulare, qualunque cosa si stia facendo, lasciava attonito pure un indolente come Ferraro. Più di una volta aveva lasciato squillare a vuoto il telefono di casa pur di non alzarsi dal divano, ma quando si trattava del portatile sentiva il bisogno, la necessità, di sapere subito, anche se era sotto la doccia, chi gli mandava magari solo un sms. Una sorta di bisogno di gratificazione irrefrenabile, che ricordava quello dei drogati alla ricerca costante di una dose.

Lesse il nome sul display: Tartaglia.

Rogne, pensò.

2

«Che c'è?»

«Cos'hai, il fiatone?»

«Sto facendo le flessioni su una mano. Le faccio sempre di pomeriggio...»

La figlia guardò il padre aggrottando la fronte. «Ma che dici?» chiese, sottovoce.

Ferraro roteò la mano, come a dire lascia perdere, sono cose da sbirri.

«Bene, allora fermati un attimo» continuò Tartaglia. «La tua tartaruga può attendere.»

Giulia sorrise. La ricezione era così chiara che la voce di Tartaglia si sentiva perfettamente, neppure il padre avesse messo il viva voce. Ma forse era anche perché corso Buenos Aires era placido e silenzioso come una strada di campagna, tanto che si sentiva persino il cinguettio di qualche passerotto, nel resto dell'anno annichilito dal tipico e caotico traffico del pomeriggio.

«Dimmi...»

«Ti devo chiedere un favore...»

«E ti pareva...»

«L'abbiamo recuperato.»

«Chi?»

Domanda retorica. Sapeva benissimo di cosa stava parlando il collega.

«Il corpo di Tolusso. Ieri sera, ci ha chiamato un gruppo di ragazzi, sulla litoranea a Castelporziano.»

«Addirittura...»

«Sai com'è, la corrente... è per questo che non lo trovavamo.»

Ferraro vide il volto di Giulia incupirsi. I due non scherzavano più, era di quello della barca che parlavano, quello che, in certo senso, aveva scoperto proprio lei.

«E come... insomma...»

«Te lo lascio immaginare... tre giorni in mare... te lo giuro sul profeta Elia, Ferraro, faceva impressione.»

D'istinto mise la mano sul portatile, illogicamente imbarazzato e colmo di vergogna nei confronti della figlia, per un lavoro, il suo, fatto di squallore e morte.

«Che vuoi da me? Non mi chiedere di venire giù che io...»

«No, no, figurati...»

«Siete certi che sia lui?»

Giulia nel frattempo aveva appoggiato la bici al cavalletto per avvicinarsi ed ascoltare meglio. Ferraro capì quanto fosse inutile continuare a mascherare le sue parole dietro la mano a conca.

«Le impronte sui remi e sul portafogli corrispondono.»

«Chi ha fatto il riconoscimento?»

«È questa la rogna.»

«Che vuol dire?»

«Questo Tolusso viveva solo, qui a Roma. Non frequentava praticamente nessuno. I vicini erano convinti che fosse andato in vacanza. Ho parlato anche col postino...»

«Il postino? Che cazzo c'entra il postino?»

«Ci si arrangia con quello che trovi, no? Mi ha detto

che Tolusso stava quasi sempre a casa. Era gentile, bene educato, eccetera eccetera.»

«Insomma, aria fritta.»

Si morse la lingua. Perché tanto cinismo? Cosa penserà Giulia di lui?

«Aveva una moglie. Barbara Meazza.»

«Ma non viveva solo? Era divorziato?»

«No, niente divorzio. È per questo che t'ho chiamato.»

«Dov'è la fregatura?»

«Ferraro, cazzo, sei il campione mondiale di diffidenza!»

«Forza, dai, non addolcire la pillola, dov'è la fregatura?»

«La moglie vive a Milano.»

Ahia. Eccola la fregatura.

«E allora?»

«E allora mica vorrai che glielo dica al telefono, vero? 'Sa signora, suo marito è semiputrefatto, verrebbe a fare un riconoscimento formale?'»

C'era in queste attenzioni di Tartaglia qualcosa di ammirevole. Anni a fare lo sbirro e ancora riusciva ad avere residui di sensibilità, di umanità.

«Avreste già dovuto farlo, lo sai, vero? Se il piemme...»

«Il piemme sta prendendo il sole a Fregene a quest'ora. Tu mi hai girato questa grana e ora tu mi dai una mano. La moglie di Tolusso abita a Milano e tu ora sei a Milano. Proprio perché io ti ho permesso di ripartire in tempo...»

«Ok, ok... dove abita 'sta tipa?»

3

Non aveva neppure la scusa che fosse lontano: via Castel Morrone, in bicicletta neppure dieci minuti.

Provò a convincere Giulia che la cosa migliore era andarci solo. Mi aspetti a casa, ti aggiorni la pagina di facebook, leggi qualcosa, io vado e torno... Niente da fare, erano in bici, insisteva Giulia, Castel Morrone era vicinissimo, che senso aveva allungare?

Ferraro provò a tirar fuori questioni deontologiche d'accatto: è per lavoro, è questione di privacy, se si scopre poi ci vado di mezzo io, tu non ne hai idea... Ma era evidente persino a lui stesso – figuriamoci perciò alla figlia – che quello che cercava di fare era di evitarle una situazione penosa: come si sarebbe comportata la moglie di Tolusso di fronte alla notizia? Quanto avrebbe potuto turbare la figlia una reazione imprevedibile della donna?

Giulia però non si schiodava dal suo proposito: era salita lei su quella barca, aveva scoperto lei la lettera d'addio del suicida, si sentiva inevitabilmente coinvolta.

«Però mi prometti di non dire nulla... te ne stai zitta zitta in un angolino e...»

«Non respirerò neppure, promesso.»

«Giurin giuretta?» chiese il padre, pedalando.

«Giurin giuretta!» confermò Giulia, e mentre lo diceva

lasciò il manubrio per baciarsi gli indici incrociati, a sugello della promessa.

Imboccarono via Eustachi. Le chiome rigogliose dei filari d'alberi macchiavano d'ombra il selciato, la temperatura sembrò addirittura calare di un paio di gradi. Due minuti dopo arrivarono a destinazione. Giusto il tempo di trovare un palo dove incatenare le biciclette, operazione non da poco: mai metterle troppo nascoste, più facili da rubare, mai troppo esposte, più facili da vandalizzare. Quando abbandonava la bicicletta, anche solo per un caffè al bar, Ferraro recitava una preghiera muta e disperata, già colma di nostalgia, convinto ogni volta di tornare e non trovarla più. Con che faccia poi, lui sbirro, sarebbe andato a fare la denuncia? O doveva, come molti suoi colleghi, andare alla fiera di Sinigallia per prendersene una rubata, magari contrattando pure sul prezzo col ricettatore?

Il portone del condominio era aperto. In cortile Ferraro trovò il portinaio che annaffiava con una canna i fiori del giardinetto spelacchiato. Mostrò il tesserino.

«Mi perdoni, sono l'ispettore Ferraro, sto cercando la signora Meazza, Barbara Meazza.»

«Che cosa desidera?»

«A lei questo non interessa.»

«Sono il portinaio.» Neppure avesse detto il padre eterno.

Vecchia scuola, pensò lo sbirro. I portinai, di questi tempi, si contavano sulla punta delle dita a Milano, sostituiti o da extracomunitari indifferenti ai fatti del condominio o, quando l'appartamento del custode veniva dato in affitto uso foresteria, da imprese di pulizie anonime e immemori. I bei portinai impiccioni, depositari di fatti e fattacci dell'intero vicinato, un po' idraulici, un po' giardinieri, aggiustatutto e pettegoli, tacconisti e paraculi, quelli su cui s'erano fatti le ossa intere generazioni di piedipiatti del secolo scorso con tanto di impermeabile e borsalino in testa, erano roba da cartolina, da foto ingiallita nell'album dei ricordi dei bei tempi che furono, buoni per una fiction nostalgica da mandare in onda in prima serata sulle televisioni generaliste.

«È una questione molto delicata, cerchi di capire...»

«L'accompagno» disse il portinaio, senza aspettarsi repliche.

Chiuse il rubinetto e appoggiò la canna a terra. Mentre si asciugava le mani con un canovaccio squadrava Giulia torvo.

«È mia figlia» sentì il dovere di dire Ferraro.

«Capisco» replicò, serio serio, anche se non c'era proprio niente da capire.

Entrò nell'androne della scala e chiamò l'ascensore, uno di quelli vecchi, inizio Novecento, con le volute e le grazie in ferro saldato.

«La signora non esce mai a quest'ora» disse. Aveva una voglia matta d'essere interrogato, di rivelare chissà quale segreto di Fatima, il silenzio ostentato di Ferraro lo mandava in bestia.

«Mi rendo conto... con questo caldo...»

«Be'... nelle sue condizioni poi...»

Giulia stava per chiedere qualcosa, ma Ferraro con un'occhiataccia la trasformò immantinente in una statua di sale. Mai dare soddisfazione a questa gente, va a finire che poi il gioco lo conducono loro. Le conosceva anche lui le regole della vecchia scuola!

Arrivarono al piano. Il portinaio suonò alla porta.

«Grazie» disse Ferraro. «Può andare.»

Ma il custode non si muoveva.

«Chi è?» si sentì da dietro la porta.

«Signora Meazza, sono Gigi.»

I portinai della vecchia scuola non hanno un nome proprio, hanno un diminutivo.

«Arrivo, un attimo solo.»

«Sì, sì... non si preoccupi...»

Ferraro stava perdendo la pazienza.

«Senta, signor Gigi... direi che posso cavarmela da solo...»

«Non credo proprio» disse lui, indifferente.

Adesso gli do una testata sul setto nasale e mi diverto a vedergli sgorgare il sangue, pensò rabbioso Ferraro. Ma prima di muovere le vertebre del collo e allungare la fronte verso il naso dei desideri si sentì il rumore del chiavistello. Ferraro mise mano al tesserino, la porta si aprì.

«Buongiorno, signora» disse, esibendo la tessera.

«Chi c'è con te, Gigi?» chiese la donna.

Giulia, dietro ai due, sgranò gli occhi. «Papà...» disse sottovoce.

Cazzo, è cieca!, pensò Ferraro. Uno a zero per il portinaio. Palla al centro.

4

«Ho del tè alla pesca, se vuoi... Giulia, giusto? Oppure... succo di frutta.»

«Il tè è perfetto.»

«Ottimo.» La donna prese la bottiglia e chiuse lo sportello del frigorifero. Tastò sopra la sua testa, aprì un'anta ed estrasse un paio di bicchieri. «Anche per lei, ispettore?»

«Signora Meazza, io la ringrazio, ma sono qui per dirle...»

«Oh, cerchi di capire, ricevo così poche visite, soprattutto d'estate...»

Si muoveva come se ci vedesse perfettamente, senza indugio alcuno. Pose tre bicchieri in un vassoio e iniziò a versare la bevanda.

«La mia non è una visita di cortesia, signora...»

«Lo so, ispettore. Non credo che un poliziotto venga a dirmi che ho vinto il primo premio alla lotteria di capodanno.» Mentre parlava portò il vassoio verso il soggiorno. D'istinto Ferraro le si mise davanti, timoroso che le cadesse di mano. «La prego, si tolga, ce la faccio benissimo...»

Ma questa è cieca o fa finta?

«Mi scusi... è che...»

«No, no, mi perdoni lei...» Appoggiò il vassoio sul tavolo. «Sa, è che intuisco la luce e le ombre» riprese, didattica. «Lei s'era messo davanti alla finestra e mi aveva disorientato.»

«Mi scusi, non...»

«La smetta di scusarsi. Mica è colpa sua se sono cieca.» Prese in mano un bicchiere. «Ecco qua, Giulia...»

«Grazie, signora.»

«Ti sembro così vecchia? Chiamami Barbara...»

In effetti a guardarla non poteva avere più di quarant'anni. Ma nei vestiti e nei movimenti aveva un gusto un po' datato, classico: magra, capelli raccolti in uno chignon, passo leggero. E anche quei mobili del soggiorno, in noce nazionale, tarlati, e la tappezzeria ai muri... sembrava di fare visita ad una ballerina in una casa di riposo per artisti dell'Ottocento, non ad una donna, in fondo giovane, che viveva in una metropoli contemporanea.

«Signora Meazza...»

«Beva, ispettore. C'è tempo per le cattive notizie.»

Bevvero in silenzio.

«E che classe fai, Giulia?» cinguettò la donna, come nulla fosse.

«Signora Meazza, la prego, è una cosa importante, non posso aspettare oltre...»

La donna appoggiò il bicchiere.

«Lo so, lo sento dalla sua voce, ispettore. Persino dal suo odore. Penserà che sono una matta eccentrica, ma la verità è che sono spaventata, molto spaventata.»

Giulia, d'istinto, prese la mano della donna e la strinse nella sua. Uguale a Francesca, pensò Ferraro. Forse le donne sanno quando bisogna parlare e quando bisogna stare zitti. Quando basta un gesto, un semplice gesto, per dare coraggio a qualcuno.

«Barbara» disse semplicemente Giulia.

«D'accordo» rispose la donna alla richiesta non detta. «Sono pronta.»

E Ferraro glielo disse.

Furono secondi insopportabili e infiniti in un silenzio caldo e cupo.

Poi la donna si nascose il volto, con un gesto elegante. Sembrava presa da un pensiero importante, indifferente alle cose appena ascoltate. Iniziò a singhiozzare, piano, vergognosa. Giulia si alzò e la strinse a sé, come si abbraccia un'amica che si conosce da sempre. Il pianto si trasformò in strazio; Ferraro voltò lo sguardo lucido verso la luce della finestra.

5

Avreste dovuto conoscerlo quando lo incontrai io, dodici anni fa. La sua voce tremula, timida, il suo fare da pulcino bagnato, di chi si sente sempre fuori luogo nel mondo. Ero in un piccolo teatro di periferia, ricavato da un paio di cantine riadattate alla bell'e meglio. Vado spesso a teatro, sa? Ovvio, non vedo nulla, ma le assicuro che nessuno meglio di un cieco sa muoversi in quei luoghi bui, nessuno come noi sa leggere nella voce di un attore il lampo di verità. Giovanni m'era seduto affianco, solo, come sempre è stata la sua vita. In fondo è stato un incontro di solitudini il nostro. Io che ero esclusa dallo sguardo sul mondo, lui che aveva escluso lo sguardo del mondo su di sé.

Mi raccontò della sua gioiosa infanzia nel suo quartiere, lo chiamava Piccola Basilea, oltre il Reno, pieno di emigranti italiani, lì nelle fabbriche farmaceutiche, o a fare i muratori nei cantieri. La sua voce tremula aveva venature virili e slanci poetici.

Per mesi mi lesse le sue cose, prima in qualche bar, per non sembrare inopportuno, con un galateo d'altri tempi, poi qui, in questa casa, che dopo la dipartita dei miei genitori volle comprare. È il tuo regno, mi diceva, il tuo spazio vitale. La sua voce, durante quelle estenuanti letture, era plastica, fisica. Vedevo il mondo attraverso le sue storie. Sei bravo, insistevo, falle leggere in giro. Ma lui, ritroso, accampava scuse: non conosco nessuno dell'ambiente, non saprei da chi andare.

Da chi andare glielo suggerii io. Ero alla Scala, lei sa ispettore che noi ciechi abbiamo un palco riservato, vero? Cos'è per noi un'opera lirica, una voce che canta le emozioni, se non l'arte più nobile, la più evidente? Parlando con un mio compagno melomane venni a sapere che una nuova produzione tedesca stava selezionando sceneggiatori per adattare in Italia un format televisivo di grande successo.

Vacci, gli dissi. Va', sono nordici, non conoscono intrallazzi o logiche di favore. Va' e fa' vedere quanto vali. E se lo fece fu per mia insistenza, non per sua volontà, che, povero pulcino bagnato, si presentò spoglio, senza neppure la foglia di fico di un curriculum, chiaramente inesistente. Ma il caso esiste e certe volte sa essere magnanimo. Poté dimostrarsi capace non tanto per le cose che scriveva, chi aveva il tempo di analizzarle?, ma per come le lesse, traducendole al momento direttamente in tedesco, la lingua imparata a scuola, quella usata nelle strade della Piccola Basilea. La produzione teutonica apprezzò.

No, conosco perfettamente la domanda che non mi sta facendo, ma la risposta è no.

Fui io a lasciarlo andare.

Non si può fare quel mestiere se non si vive a Roma. Ce ne eravamo resi conto. Cercò una casa, bella, spaziosa. Ma non potevo spostarmi dai miei spazi. Persino cambiare quartiere, a Milano stessa, sarebbe per me oneroso. Ogni regno in fondo è una prigione, ogni regina una carcerata. Non do colpe a Roma, dio me ne scampi. Quanto furono carini con me i vicini di casa, quanto gentili i negozianti, il barista, i passanti. Ma quella confusione, quel salire e scendere per marciapiedi dissestati, quel traffico allucinante mi dava alla testa, mi faceva venire le palpitazioni. Giovanni era pronto a mollare tutto, a tornare a Milano, ma non si tarpano le ali ad un talento, non trova?

Quale regalo è stato per me amarlo, in quegli anni, quale gioia. Resta a Roma, gli dissi, scrivi, dimostrami che avevo ragione. Se dobbiamo lasciarci, rispose, voglio prima sposarti. Quanto è strana la mente delle persone, non trova ispettore? Un rapporto, il nostro, finiva suggellato da un anello d'oro all'anulare.

Non che si smise di frequentarci. Tutte le volte che poteva correva alla stazione o all'aeroporto, ma quanto poteva durare? Gli impegni, le novità, il lavoro... e magari anche qualche donna, conosciuta in chissà quale bar, in quelle serate dove ti senti così solo che ogni posto va bene purché non sia casa tua. Ci sta, l'avevo messo in conto.

Tornava a Milano, sempre più di rado, ma tornava. E capitava anche che si facesse l'amore con quella fame da adolescenti per il sesso. Però non mi leggeva più nulla delle cose che scriveva. Negli ultimi tempi si sentiva una pianta inaridita. Quello che scrivo non mi piace, mi diceva. Piace a tutti, al produttore, alla rete, al pubblico, ma a me non dice nulla; non posso neppure permettermi di odiare ciò che scrivo, sarebbe quanto meno nobile, mi lascia solo indifferente.

Avrei dovuto capirlo da questi segnali, forse. Ma sa, la sua era una solitudine pervicace, metodica. Forse solo così poteva costruire i suoi mondi coerenti, non so dirglielo. In fondo Giovanni parlava dei suoi problemi con poche persone e misurando le parole: con me, con Marco, il commercialista che conosceva fin da ragazzo, con Umberto, il suo agente a Roma. E poi... e poi non so neppure io.

Certe volte mi prendeva sottobraccio e mi faceva scendere le scale di casa. Come quella poesia, ha presente? La realtà non è mai quella che si vede, citava lezioso. Di noi due lo sguardo sul mondo è il tuo, io sono cieco. Ma ora che lui non c'è più a cosa mi serve questo sguardo offuscato che lui tanto ammirava? Restituitemelo, vi prego, in fretta, al più presto, almeno le ossa rendetemi, piangerò da sola dietro al suo feretro, da sola parlerò, per l'ultima volta, col suo cenere muto.

6

«Signora Meazza, io... io non...»

Ferraro non andò oltre, non c'era molto altro da dire.

Il silenzio parve riappropriarsi della stanza. Il poliziotto si alzò e fece un cenno alla figlia col capo, come a dirle: è ora di andare. Dovrò raccontare a Tartaglia, proseguì il *côté* sbirresco del suo cervello, di trovarsi un altro per l'identificazione legale del cadavere, questa non è nelle condizioni fisiche e mentali...

Giulia si alzò a sua volta e lasciò la mano della donna che s'era tenuta fra le sue per tutto il fluviale racconto. Questo movimento parve ridestarla.

«Non sarai sola» le disse Giulia, avvicinandosi al suo orecchio.

«Cosa?» chiese la donna. «Come?» ancora più incerta.

«Al funerale... non sarai sola. Te lo prometto.» Poi, al padre: «Giusto, papà?»

Ferraro guardò la figlia, occhi sgranati.

«Giulia, io non so se la signora Meazza...»

«Non dovete disturbarvi, non è nei vostri obblighi...»

«Ma quale disturbo... mica possiamo lasciarla andare da sola, vero papà?»

Vero? Vero? Vero?

«No, non possiamo.»

Ci saremo. Dandole il braccio.

LA CASA

1

Giovanni passò l'intero pomeriggio a discettare, analizzare, studiare, scomporre, comprendere, definire. Prese appunti, si perse nei codici e codicilli, disegnò schemi, appuntò date. Non ci capì nulla. Quei fogli bordati di blu gli davano la nausea. Si sentiva un idiota integrale, un *minus habens*.

Imposta art. 36ter D.P.R. 600/1973, che significa?
Interessi ritard. iscr. D.P.R. 602/1973, per cosa?
I.V.A. sanz. pecun., oltre agli interessi anche le sanzioni?
Minor credito, a ruolo, omessa, dovuta, versata... è di lui che si stava parlando? Era lui il furbo, quello che aveva cercato di fregare lo Stato? Lui, che mai aveva preso una multa girando in macchina, che quando da ragazzo timbrava il biglietto in metropolitana veniva schernito dai compagni di classe che saltavano i tornelli, lui che chiedeva sempre la ricevuta fiscale al bar e la fattura dal dentista, non ostante gli sguardi ammiccanti, i sottintesi, le allusioni mute?

Forse un altro ci avrebbe fatto una risata e tutto si sarebbe risolto con una scrollata di spalle. Ma per Giovanni, ossessionato dai dettami morali del padre, duri e senza sconti, cresciuto nel cuore dell'etica protestante, era un segno del divino, questo. Hai chiesto troppo a te stesso, hai voluto uscire dal ruolo che il mondo aveva previsto per te, non sei semplicemente salito di un gradino nella scala sociale, così come la democrazia occidentale prevedeva, restando comunque tangente, prossimo a chi t'ha generato: hai voluto esagerare, fare delle tue passioni un lavoro, guadagnare senza fatica. Hai voluto essere felice, e non t'era concesso.

Questa cartella esattoriale non cascava come un fulmine a ciel sereno, era il suggello di un anno che di mese in mese si dimostrava sempre più insostenibile. Perché, da cinque mesi a questa parte, le cose non andavano bene, non più. Dopo quattro anni di lavoro intenso, che gli avevano permesso una dichiarazione dei redditi inimmaginabile solo dieci anni prima, dopo un trend così fortunato da potersi permettere di accendere un mutuo per acquistare questa bella casa dove dal terrazzo si scorgeva persino il cupolone, Giovanni non riceveva più un bonifico che fosse uno. È la crisi, gli veniva ripetuto. Porta pazienza, stringi i denti e vedrai che verrai saldato. Nel frattempo però le fatture come sceneggiatore le aveva emesse e su quel mancato guadagno aveva pure versato l'IVA. Se poi si aggiungono le spese mensili, la quota trimestrale del mutuo e quel minimo che serve a vivere, il suo conto in banca s'era risicato all'osso. Aveva bisogno di quei soldi. Che erano suoi, poi. Non chiedeva se non quello che gli era dovuto, non un centesimo di più. Il governo tecnico aveva da poco messo una nuova tassa, l'IMU. E lui di case ne aveva nei fatti due, quella romana e quella ereditata dai genitori. Doveva pagare due volte, come fosse un ricco possidente con tanto di casa in campagna. Ma quella friulana era poco più di una stamberga e quella dove ora viveva neppure la sentiva sua completamente. Era come se pagasse un affitto – tra l'altro oneroso – alla banca. Insomma, lui aveva comprato una casa, ma la banca gli aveva comprato la vita. La pagasse la banca l'IMU!

Sapeva benissimo che i suoi erano ragionamenti puerili. Sul debito si fonda l'intera società, è su quello che cresce l'economia. Sull'idea che più soldi, sempre più virtuali, girano e più facilmente si può chiederne altri, spostando l'orizzonte di aspettativa, sognando nuovi panorami. Ma il giocattolo di un'intera società sembrava si fosse rotto. Gli fosse capitato prima, pensava adesso, prima di indebitarsi, prima di questa grande illusione di avere ormai raggiunto un punto della sua esistenza tale che tutto quello che fosse venuto dopo sarebbe stato semplice, come scendere un comodo scivolo, prima, insomma, non avrebbe sofferto così di fronte ai fogli della cartella esattoriale che gli chiedevano perentori una libbra di carne viva.

È che c'era di mezzo anche la casa di Barbara. Gliel'aveva regalata, per riconoscenza, per amore, e forse pure per un malcelato senso di colpa. Ma quello che la moglie non sapeva è che Giovanni pure su quella aveva acceso un mutuo. Poteva perdere tutto, pensava in quel pomeriggio avviluppato in un vortice di depressione panica, tutto, ma Barbara non avrebbe dovuto sapere mai cosa stava rischiando. C'era da trovare una soluzione, c'era da essere pratici, quello che lui mai era stato. C'era da chiedere delucidazioni a chi ne sapeva più di lui.

Prese in mano il telefono e digitò il numero di Marco.

2

«Mandami una scansione. Ce la fai?»
«Certo, in pdf va bene?»
«Basta che si legga.»
Lo sentiva distante, distratto, con la testa da un'altra parte. Sapeva perché.

Un anno addietro, quando era andato a trovarlo in studio, in uno dei suoi pellegrinaggi meneghini, Marco lo aveva accolto con la barba sfatta e l'ufficio in disordine.

«Mia moglie m'ha cacciato di casa» gli aveva detto.

Non parlavano molto delle loro vite private. Giusto qualche notizia di passaggio, molto formale, gli auguri per la nascita di un nipote, le battute sui regali di Natale. La moglie di Marco l'aveva vista solo un paio di volte, di sfuggita, una ragazza che pareva studiasse per sembrare una signora. Da quel poco che sapeva, e da quel molto che immaginava, erano una coppia felice e realizzata. Quanto poco capiva della vita vera, Giovanni.

Ma quella volta Marco era stato un fiume in piena. Aveva buttato fuori tutta la rabbia, tutto il fiele. Una vita a lavorare, ed era bastato un sospetto della moglie, una convinzione di essere tradita, che un intero progetto di vita veniva fatto saltare, buttato al vento.

«Ed è vero?» aveva chiesto, puro, Giovanni.
«Cosa, che l'ho tradita?»

Ma che importanza aveva saperlo? Marco si era mosso per l'ufficio come un reduce, con il bagaglio aperto sulla scrivania: la sua biancheria intima era esposta allo sguardo di tutti, la sua sconfitta aperta come una ferita. Doveva trovare un posto dove dormire, doveva cercare di non perdere la ragione, aveva continuato a dirgli. E questa confessione di debolezza glielo aveva fatto sentire più vicino, fratello quasi. Giovanni lo osservava, i capelli avevano iniziato a ingrigirsi, sembrava pure più magro.

Rivederlo, ogni tre mesi, quando passava da Milano, era come confrontarlo con il ricordo della volta precedente. Deperiva sempre più. Aveva iniziato pure a portare degli occhiali da vista. Lo stress lo stava consumando: magro quasi come lui, bianco in testa più di lui. Del gioviale e florido ragazzo che aveva conosciuto anni addietro non rimaneva che un vago tratteggio nel disegno del volto, nella postura del corpo. Ciò che vedeva ormai era un uomo nervoso, logorato dalla rabbia e dal rancore.

Ora che ci pensava fu proprio quella volta di Marco che malediceva sua moglie: Giovanni si era portato da Roma un avviso dell'Agenzia delle Entrate da fargli leggere. Il primo consegnato da Giulio, pensava Giovanni con il telefono incollato all'orecchio, un anno fa ormai.

«Cos'è questa cosa?» gli aveva chiesto all'epoca.

Marco aveva analizzato i fogli con sufficienza. Poi aveva aperto il tiretto della scrivania. Conosceva quei gesti, Giovanni. Marco, paranoico, cambiava di continuo le password di ogni cosa – conto bancario, cassetto fiscale, posta elettronica – ma poi le dimenticava di continuo. Era per questo che se le segnava di volta in volta in un post-it appiccicato nel cuore dell'agenda. Il suo era un gesto così naturale che nessuno mai ci avrebbe fatto caso, ma con

Giovanni neppure fingeva di cercare qualcosa: la fiducia nei suoi confronti era totale.

Letta la password, aveva digitato al computer. Nessuno di loro due diceva nulla. Giovanni si era ritrovato a pensare che il silenzio in fondo non esiste. Anche se restiamo zitti tutto attorno c'è sempre un gran baccano, una colonna sonora, un ronzio, un bordone, che ci fa capire che siamo vivi, e il mondo vuole farcelo sapere.

«Ok, è tutto a posto, non preoccuparti. Farò una compensazione.»

Non che Giovanni sapesse cosa significava. Ma si era fidato. Una volta, due anni prima, Marco si era dimenticato di fargli versare l'IVA del trimestre precedente. Si prese lui l'onere di pagargli le sanzioni, e amici come prima.

Ma questa volta Marco al telefono gli sembrava indisponente, persino scocciato. Non lo disturbava mai, che senso aveva questo atteggiamento?

Poi, mentre scansionava i fogli della cartella da girargli via e-mail, gli tornò alla mente la cifra di quell'avviso di pagamento dello scorso anno: euro 1233,21 c'era scritto, con quella accuratezza fanatica dei centesimi dopo la virgola, come a rammentare la scientificità ineluttabile della tassa, la precisione della legge, la sua inviolabilità: 1233,21. È un numero palindromo, gli era venuto da pensare all'epoca. Ebbene, quel numero gli riapparve identico, sepolto sotto la coltre di altre sanzioni, tasse, pagamenti nell'elenco infinito di cifre che costellavano la cartella di Equitalia che stava ora scansionando. Lo stesso. Identico. Non può essere un caso.

«Marco, hai ricevuto l'allegato?»

«Lo sto guardando ora.»

«Scusami, c'è una cosa che non capisco...»

«Dimmi...»

«Non vorrei sembrarti pedante, ma... qui vedo una cifra... vai a pagina quattro, al punto 23.»

«Anno di riferimento 2009...» leggeva fra sé. «Mmm... sì... e allora?»

«Scusa, ma... ti ricordi quell'avviso di pagamento dell'Agenzia delle Entrate, quello che ti avevo portato... sarà stato un anno fa...»

«Ad essere sinceri non è che posso ricordarmi...»

«Era quella volta che tua moglie... cioè, insomma che tu non... anzi, scusa, non ti ho neppure chiesto...»

«Lascia stare, è meglio cambiare argomento.»

Le ultime notizie che aveva erano che lui dormiva in un monolocale in affitto e che la moglie aveva fatto richiesta di divorzio. Cos'altro gli poteva essere capitato di peggio?

«Ti avevo portato quell'avviso e tu mi avevi detto che era tutto a posto. Eppure io vedo che qui, al punto 23, c'è la stessa cifra. Come si spiega?»

Marco, dall'altra parte del filo, rise, isterico: «Cioè tu vuoi farmi credere, *tu*, che se ti do in mano un bollettino da pagare alla posta entri nel panico, vuoi farmi credere che ti ricordi esattamente quella cifra?»

Perché lo stava trattando così?

«Marco, non mi sembra il caso... insomma, io cerco di capirci qualcosa.»

«Ecco, lascia perdere. Ci penso io a capire che cosa sta capitando, è il mio lavoro. Tu non hai idea di che casino sta succedendo al ministero. Stanno grattando il fondo del barile, mandano cartelle a raffica, cercano soldi anche dove non ci sono. Sono sommerso da telefonate come la tua, non posso mettermi a fare una lezione di economia aziendale a tutti i clienti che mi telefonano impanicati come te. Stai sereno. Hai tempo prima di pagare.»

«Ma io non voglio pagare, ho sempre fatto il giusto.» Sudava, vistosamente. «Non ho mai voluto avere debiti con nessuno, io...»

«Finiscila di fare l'isterico. Mandami una delega con allegata la tua carta d'identità. Parlerò io col responsabile del tuo procedimento, vedrai che tutto si risolve. E in ogni caso puoi rateizzare...»

«Rateizzare?»

Come a dire: mettiti nell'idea che dovrai pagare. Pagheremo tutti, pagheremo caro.

«Se vai allo sportello di Equitalia competente ti spiegheranno come. Fatti un giro, così ti sfoghi con loro, che io ho già i cazzi miei per la testa.»

3

Una notte, a ragionare sul suo conto in banca *online*. Ormai aveva abbandonato il letto, dopo due ore sdraiato come su una graticola, ossessionato dai pensieri, dalle illazioni, dagli scenari futuri. Poteva anche darsi che Marco risolvesse tutto, poteva anche essere un errore dell'Agenzia delle Entrate, ma restava il fatto che il grafico dell'estratto conto dell'ultimo anno era una linea spezzata che precipitava inesorabilmente verso il baratro. Aveva chiesto troppo a se stesso? Com'è che nel volgere di pochi mesi quella che sembrava una cavalcata verso un'alba splendente oggi sembrava un desolato tramonto?

Fingiamo che quei trentadue mila euro (Somme dovute: euro 32.415, 27. Precisione, ci vuole precisione!) si possano mettere fra parentesi (si può immaginare una tale enormità?). Resta il fatto che sul conto galleggiavano mestamente, come ossi di seppia abbandonati dalla risacca, neppure tremila euro. Poi era il rosso e il fido, altro prestito, altri interessi. La fine.

Avesse potuto avrebbe raddoppiato il lavoro, ma ormai non si muoveva nulla. Aveva ancora qualche cosa da finire, ma niente in prospettiva. E non succedeva solo a lui, lo sapeva benissimo. Nessuno stava più lavorando nel suo campo. C'era come una sospensione, tutti in attesa di capire che cosa succedeva col nuovo consiglio d'amministrazione, o col nuovo governo, o chissà cos'altro. Programmi, idee, progetti, lasciati ad impolverarsi sulla scrivania di qualche dirigente televisivo, così pusillanime da non riuscire a prendere una decisione prima di capire come volgeva il vento. Già riuscire a portare a termine le sceneggiature che doveva comunque consegnare, con questo stato d'animo, gli sembrava assurdo. Con quale tranquillità, con quale concentrazione? Di ginecologi innamorati o poliziotti buonisti, di santi popolari o campioni dello sport ne aveva piene le tasche, ma era pur sempre lavoro.

Che non veniva pagato, tra l'altro.

Cinque mesi senza un bonifico, senza neppure un anticipo. C'è la crisi, era il mantra che gli veniva detto di continuo. Però lui il lavoro l'aveva consegnato, e nei tempi contrattati. Era come andare dal panettiere, servirsi e poi accampare la scusa della crisi per non pagare. Come si sarebbe comportato il panettiere?

Sì, sì, Marco avrebbe risolto tutto (credici, non pensarci, credici!). E poi comunque una soluzione la trovavano, no? («in ogni caso puoi rateizzare»). La verità era che Giovanni non poteva girarci attorno: anche se l'avessero saldato domattina, quanto gli dovevano del lavoro già consegnato? 27.000 euro. Non erano pochi, certo. Ma a fine mese doveva pagare la quota trimestrale del mutuo della casa di Roma. Una botta sui denti. Anche lì: magari, se parlava con quel funzionario con cui aveva acceso il mutuo, riusciva a ricontrattarlo, spalmandolo su un arco temporale più ampio. Avrebbe speso di più d'interessi, ma la quota trimestrale sarebbe stata più sopportabile. Giovanni aveva 44 anni, poteva ancora chiedere un mutuo trentennale. Avrebbe pagato l'ultima rata al compimento dei suoi

75 anni. Assurdo, a pensarci. Suo padre era morto a 69. Ma non era il caso di pensare alla propria morte ora.

E poi restava sempre l'appartamento di Barbara. L'altro mutuo. Non c'erano molte soluzioni, insomma. La casa di Milano era intoccabile, però poteva sempre vendere quella dei suoi, in Friuli. In fondo era solo un legame affettivo, non ci andava mai. C'era quel tipo, del paese vicino, che gli aveva fatto capire che l'avrebbe comprata volentieri. Non ci avrebbe tirato su molto, ma sarebbe stata quanto meno una boccata d'ossigeno. Sempre se c'era ancora interesse, metti che avesse cambiato idea? Be', ce ne sarà qualcun altro, no? Perché fasciarsi la testa prima di essersela rotta?

Era una situazione surreale: quando non aveva una lira in tasca (ché ancora di lire si parlava) invidiava i proprietari di case, immaginava ogni appartamento come fosse un salvadanaio colmo di denaro. Ora che il suo tenore di vita era cambiato radicalmente, e forse solo adesso se ne poteva rendere davvero conto, aveva realizzato che quei salvadanai avevano la fessura dove mettere le monete, ma nessun buco alla base dove recuperarle. In pratica non sapeva quanti soldi, per davvero, possedesse. L'unica era gettare a terra e rompere il portamonete, augurandosi di trovarlo più pieno di quanto immaginasse. Della casa friulana sapeva già fin d'ora che non ci avrebbe cavato chissà quanto. L'*extrema ratio* – se l'era finalmente confessato, dopo una notte insonne dove continuava a rimandare l'evidenza – era vendere l'appartamento romano. Avrebbe saldato tutto e gli sarebbe rimasto qualcosa in tasca.

Insomma, a parole, virtualmente, possedeva due case, ne aveva regalata una terza, e aveva un credito di quasi trentamila euro con una grossa società di produzione televisiva. Nei fatti si sentiva più povero e perduto di quando povero lo era stato per davvero.

Il sole era alto, tornare a letto non aveva più senso. Si fece una doccia ripensando alle parole di Marco («vai allo sportello di Equitalia competente»). I problemi vanno risolti uno alla volta. Quindi, nell'ordine: visita ad Equitalia, giro in banca, messa in vendita della casa in Friuli. E soprattutto recupero crediti: doveva sentire Umberto e chiedere consigli.

4

Correva in motorino sul Lungotevere inebriato dall'aria fresca che sembrava lo volesse riportare in vita. Roma a quella velocità, sotto un sole gentile, costeggiando l'ansa del fiume, con l'isola Tiberina appena lasciata sulla destra, era bella in un modo spudorato. Vendere la casa? Certo, come no, e poi magari cambiare anche città. Ma non prendiamoci in giro! Questa era la città perfetta per Giovanni: bastava muoversi fuori dagli orari di punta, evitare il traffico e la calca, e tutto diventava scenario, pura visione, fondale dove muovere le anime dei personaggi che gli affastellavano la mente.

Imboccò la via Portuense, allontanandosi sempre più dalla sponda del Tevere. Si perse, fra viale di Trastevere e via Ippolito Nievo, finché trovò la traversa di via Benaglia. Palazzoni moderni con mattoni a vista in facciata e balconi in ferro saldato verniciati di bianco, identici a tanti che suo padre e lui stesso avevano costruito. Edilizia arrogante e banale, così tipicamente romana, il paradiso della palazzina, il regno dell'egoismo per gente senza nervi. Se la ricordava l'invettiva, la reprimenda, l'urlo poetico letto in gioventù: *ecco le mille sinonime palazzine «di lusso» per dirigenti* – diceva, e quasi poteva citarlo a memoria – *transustanziati in frontoni di marmo. Loro duri simboli, solidità equivalenti.* Ora era lui a vivere in uno di questi *fortilizi fascisti fatti col cemento dei pisciatoi*, senza però sentirsi al riparo da nulla, quasi fosse un nomade accampato in un rudere abbandonato da altri.

Parcheggiò il motorino e si incamminò verso le vetrine degli uffici di Equitalia. Sul marciapiedi c'era un gruppo disorganico di persone: chi parlava al telefono, chi fumava, chi consultava risme di fogli bordati di blu, identici a quelli che lui teneva nella tasca interna del giubbotto. Dentro era un mare di gente. Non riusciva a tenerne il conto, sembrava si moltiplicassero, di mille in mille, come i chicchi di riso sulla scacchiera. Erano qui, dunque, tutti i romani che credeva di aver evitato lungo la strada? Qui si riunivano i dannati alle pene pecuniarie, girone fra i più tragici di questo inferno contemporaneo? File e file, davanti ad ogni sportello, capo chino come i carcerati del quadro di Van Gogh. Gli mancò l'aria. Sempre così attento ai suoi spazi vitali, a tenere alla giusta distanza il mondo, staccare il tagliando col numero e mettersi in fila come una bestia al macello lo fece palpitare. Sudava, di minuto in minuto, sempre più.

C'era una donna della fila affianco che, raggiunto finalmente lo sportello (ma a che ora era arrivata?), discuteva animatamente con l'impiegato dietro al vetro, il quale le rispondeva con una stanchezza affranta, consapevole che nel suo lavoro era previsto per contratto di prendersi gli insulti di tutti. Nell'altra fila, un uomo anziano che estraeva un rotolo di banconote stropicciate di piccolo taglio per mettersi poi a contarle paziente sul banco. Ad ogni dieci allungava il mazzetto all'impiegato e sembrava lasciasse andare pezzi della sua vita, sogni infranti, libbre di carne.

Dopo dieci minuti la fila dietro Giovanni era cresciuta ulteriormente, c'era pure chi, appena arrivato, gli chiedeva informazioni. Lui si sentiva al pari dell'orbo che guida gli altri verso il fosso, come nella parabola dei ciechi di Bruegel. Aveva l'impressione che le tempie gli stessero per scoppiare, il sudore era freddo, le mani formicolavano. Sapeva cosa gli stava succedendo. Si sentiva inadeguato, impreparato, inconsapevole. Era la storia della sua vita, era la sua connaturata condizione vittimale. Ci fosse stata almeno Barbara. Era solo, in questo mare di solitudini. E stava per avere un attacco di panico. Sgusciò fuori dalla fila, scappò, vile, verso il sole di Roma.

5

«Ho bisogno di quei soldi...»

«Giovanni, devi riuscire a tenere duro ancora per un po'...»

Aveva spuntato per il rotto della cuffia un appuntamento con il suo agente, sempre così imprendibile, stretto da mille inderogabili impegni (almeno così faceva credere la sua segretaria) e ora tutto quello che riuscivano a dirsi erano solo banalità prive di consistenza.

Umberto gli parlava da dietro la sua scrivania tarlata che fu probabilmente di suo padre e prima ancora del nonno. Una famiglia di avvocati che si tramandavano di generazione in generazione clienti, gesti, usi, costumi e scrivanie.

«Tengo duro da cinque mesi ormai. Io non ho altre fonti di guadagno se non il mio lavoro.»

Mica come te, voleva dirgli, che solo dagli affitti che incassi ogni mese, grazie alle proprietà che hai ereditato, potresti startene in panciolle per tutta la vita. In fondo non si fa che invidiare di continuo chi hai di fronte. Forse Umberto invidiava il lavoro creativo di Giovanni, lui sempre piegato sui codicilli di una legislazione borbonica, o forse si reputava un pezzente, in confronto ad alcuni suoi compagni di università che ora si occupavano di alta finanza nella City o in chissà quale paradiso fiscale. O forse no. Forse era felice così. Qualcuno sarà pur felice in questo mondo, no?

«Tutto quello che possiamo fare è un'ingiunzione, ma sai cosa significa? Se entriamo nel vortice dei processi civili non ne usciamo più, va a finire che...»

«Me li devono quei soldi. Io ho lavorato e consegnato in tempo. Perché è così difficile da capire? Non è che a Dracula gli manchino i soldi. L'ultima serie che gli ho scritto ha fatto il 35% di share...»

Dracula era l'eloquente soprannome affibbiato anni addietro chissà da chi a Giulio Rizzi, amministratore delegato della società con la quale collaborava Giovanni, praticamente in esclusiva. A furia di chiamarlo così nessuno ci faceva più caso, non sembrava neppure più un insulto, o un divertente vezzeggiativo.

«In Rai stanno aspettando che si definisca il quadro politico, e alla concorrenza sono paralizzati, lo sai anche tu.»

«Questo non c'entra niente. Io ho un contratto firmato che ho onorato. La Rai ha già pagato Dracula...»

«Non l'ha pagato, gli ha dato un anticipo...»

«Lo pagherà. Sta di fatto che io non ho visto non solo il saldo, ma neppure l'anticipo. E il rischio d'impresa dove sta? Bello pagare quando hai la sicurezza del culo al caldo.»

«Smettila... Rizzi ha una grande stima della tua professionalità e...»

«I professionisti si onorano! Perché Dracula non paga?»

Umberto ebbe un moto di stizza: «Perché oggi in Italia nessuno paga nessuno, l'hai capito o no? Nessuno!»

Tranne quelle persone in fila allo sportello esattoriale,

pensò Giovanni. Quelli pagano, eccome se pagano, grattano il fondo del barile, si vendono tutto ciò che hanno raccolto nel corso di una vita pur di appianare i debiti. Mai come in quei giorni Giovanni s'era reso conto che con tutti i negozi che gli stavano chiudendo sottocasa strozzati dalla crisi, gli unici che aprivano e si moltiplicavano in città erano quelli che acquistavano oro e preziosi. L'economia del baratto, del monte dei pegni, come in un film neorealista, come in *Ladri di biciclette*.

«A me sembra che la crisi sia diventata una scusa. L'ennesimo trucco all'italiana per non...»

«Ma finiscila!» Persino Umberto, sempre così compassato, aveva ormai perso le staffe. «Cosa credi? Se ti pagassero riceverei la mia percentuale...» Quasi si alzò dalla poltrona. «Sono il primo a volerlo...» disse. Poi precipitò sullo scranno, enfatico.

«O forse» disse sibilando Giovanni, e mentre lo diceva si stupiva di quanto fiele potesse avere in corpo «essendo anche Dracula un tuo cliente, se devi proprio scegliere, stai col pesce grosso...»

Umberto si fece paonazzo: «Ma come ti permetti? Chi ti credi di essere?»

«Un pesce piccolo.»

Purtroppo.

IL TELEFONO

1

«Va bene, ce li dividiamo, tu ti fai il commercialista e io l'agente...»

«Ennò, cazzo, così non vale...»

«Dai, Ferraro, non rompere.»

«Come non rompere? Io ti ho dato un dito e tu...»

«... e io?»

«E tu me l'hai messo in culo!»

«Non è colpa mia se quello aveva il commercialista a Milano. Vai da lui e gliene parli. Io vado dall'agente che sta qui a Roma. Tempo una mattinata e abbiamo chiuso la pratica.»

«Per scrupolo.»

«Massì, mica posso tenermelo qui surgelato per un mese. Se poi non li troviamo o fanno storie chiudo oggi stesso la faccenda.»

«Sarà un riconoscimento indiziario, però...»

«Ma che tte frega? Ci sono le impronte del morto ovunque, neppure un segno evidente di colluttazione, i polmoni sono pieni di acqua salata... insomma, è annegato.»

«Nient'altro?»

«Ha delle scottature sul volto.»

«Troppo sole?»

«*Troppe sòle!*»

«Sei un fine umorista...»

«Mi ha già contattato un'agenzia di pompe funebri: la moglie vuole la salma e ha ragione. Facciamo ancora questa cosa...»

«Per scrupolo...»

«Sì, per scrupolo, lo sai come sono fatto.»

«Dai, Tartaglia, non t'arrabbiare, quello incazzato dovrei essere io.»

«Oggi è venerdì. Ti prometto che oggi chiudiamo la pratica e domani ce ne andiamo tutti al tempio a pregare il Signore.»

«Oggesù...»

«No, non parlavo di lui. Per quello devi aspettare dopodomani.»

2

Non è che non volesse dare una mano a Tartaglia – con tutte le castagne che gli aveva tolto lui dal fuoco quando era a Roma! – solo che ancora qualche giorno e Giulia sarebbe tornata dalla madre. Non voleva perdere tempo per altro. Il tempo è l'unica cosa che perdi con i figli, è quello che non torna mai. Se ne era reso conto troppo tardi, quando si era accorto di aver lasciato una bambina a Milano e, tornato da Roma, aveva trovato una ragazza. Non che se ne fosse disinteressato, ma la storia che quel che conta è la qualità del tempo che passi con i figli e non la quantità era evidentemente una scusa inventata da qualche padre in carriera. Conta anche la quantità di tempo trascorso assieme, pure quello speso a non fare nulla.

Cercò il numero del commercialista e gli telefonò. A rispondere fu la segretaria.

«No, guardi il dottor Vicoli non c'è, è partito per le vacanze estive. Mi ha trovata per caso, ispettore, sono qui per un paio di commissioni, ma a pranzo chiudo e se ne riparla fra due settimane.»

«Potrebbe darmi il suo cellulare?»

La donna, tanto ciarliera, sembrò titubare.

«Se proprio...»

«Ho già preso la penna, mi dica...»

Non fece neppure in tempo a terminare di scrivere che la segretaria mise subito le mani avanti.

«Io gliel'ho dato, ma sappia che non le servirà a molto.»

«Perché, il suo principale ha dimenticato il telefono sulla scrivania?»

«No, no» rispose ridendo, «solo che il dottore è partito per il Sud America.»

«Sud America?»

«È un gran viaggiatore, appena può va sempre a visitare posti che...»

«Ok, ok... non sono interessato alla sua vita...»

Forse la risposta tranciante di Ferraro smosse qualcosa nella donna, o forse aveva voglia di dimostrarsi una brava cittadina, sempre pronta ad aiutare le forze dell'ordine. Sta di fatto che propose zelante di girargli l'e-mail del commercialista.

«Normalmente nell'arco di ventiquattro ore risponde.»

Ferraro mugugnò un po'. «Boh, non so... era una cosa urgente.»

«Se posso... sapere di cosa...»

Niente zelo. Era solo un'impicciona.

«No, non posso dirglielo.»

«Capisco, è una questione di privacy.»

Nelle discussioni con gli sbirri la privacy ormai era diventata una sorta di passepartout usato da tutti, continuamente e a sproposito. La classica segretaria *à la page*, pensò Ferraro, che dice cose fini e senza impegno.

«Esatto» le confermò, giusto per non essere esente dall'uso *ad minchiam* del concetto.

«Guardi... io le mando tutti i recapiti di dove sta. Gli ho prenotato io l'albergo a La Paz, magari... se ha fortuna...»

Un quarto d'ora dopo Ferraro neppure ci pensava più: quello se ne stava in Bolivia, si fotta, Tartaglia avrà più fortuna. Ci pensò Giulia a farglielo tornare in mente. Se ne stava a smanettare sul computer di casa mentre il padre era preso nella preparazione di due spaghetti al pesto (piatto iperbasico per cucinieri scarsi come lui. In fondo, un vasetto di pesto industriale, un po' d'acqua con un pugno di sale e due spaghetti da calarci dentro sono capaci tutti a gestirli) quando s'accorse di qualcosa.

«Papà, hai ricevuto posta» urlò verso la cucina.

La testa di Ferraro fece capolino: «E chi cavolo è?» Si asciugò le mani con uno strofinaccio e si avvicinò per leggere. Ah, già... la segretaria del commercialista.

«È importante?» chiese la figlia.

Ferraro le spiegò la situazione.

«Quello avrà il cellulare spento. Che cosa gli scrivo a fare? Magari leggerà la posta chissà quando...»

«E perché non lo chiami in albergo?»

«Ma sei fuori? Hai idea di quanto mi costa? Mica sono in commissariato.»

La ragazza scosse la testa, con compatimento. «Ma dove vivi, papà? Lo chiami da skype.»

«Non ho l'account dell'albergo» risposte perentorio, per far vedere che lui ne sapeva di queste cose, mica veniva giù con la piena.

«Ma no!» rise, briosa. «Lo chiami al fisso. Ti costa come una telefonata urbana.»

«Davvero?» e mentre lo chiedeva si sentiva come un buon selvaggio a cui avevano appena mostrato degli specchietti e delle collanine colorate.

«Lì sarà mattina» disse lei, guardando l'orologio sul display. «Quante ore sono di fuso? Cinque, sei? A quest'ora starà facendo colazione. Usi il mio credito, non preoccuparti.»

Lanza avrebbe apprezzato tanta operatività, pensò Ferraro.

«Lasciamo stare» disse però rialzandosi. «Cosa lo chiamo a fare, non mi serve a nulla.»

Ma Giulia sembrava molto presa dalla questione. «Dai, che ti costa? Insomma, erano amici, no? Forse lo vorrebbe sapere... forse, non so... io, se fossi in lui...»

Massì, ha ragione. In fondo erano amici.

3

Fosse stato per l'inglese ridicolo di Ferraro non ne sarebbe venuto a capo, e poi aggiungere le esse per fingere di parlare in spagnolo, come si faceva da bambini, meno che meno. Ma Giulietta, cara ragazza, a scuola la lingua la studiava per davvero, alla faccia di chi è convinto che nei bei tempi andati era diverso, si studiava di più e c'era più educazione. Ma quando mai! Ferraro se lo ricordava bene quanto facesse schifo a scuola, quanto poco studiasse e come riuscisse sempre ad evitare le interrogazioni. Risultato? Una padronanza delle lingue straniere pari alla sua conoscenza della fisica quantistica: vaghi concetti folkloristici, superstizioni, falsi amici, vocaboli sparsi. In pratica ignoranza becera.

Insomma, con un inglese scolastico ma fluente, Giulia riuscì a parlare con la reception dell'albergo. Nel giro di dieci minuti dall'altra parte del mondo arrivò Vicoli.

«Sì, pronto... chi è?»

«Buongiorno dottor Vicoli, sono l'ispettore Ferraro, la chiamo da Milano...»

«Ma... ma... come? Cosa?»

La voce di Ferraro parve turbarlo. Forse, considerò lo sbirro, dato che gli avevano detto che una *chica de Italia* lo cercava, Vicoli pensava fosse la sua segretaria. Ferraro cercò di spiegare in fretta la situazione. Vicoli rimase in silenzio per alcuni secondi.

«È ancora lì, dottore?» chiese Ferraro.

«Sì, sì, certo...»

«Mi perdoni, è che speravo potesse aiutarmi per il riconoscimento formale, ma è evidente che non siamo nelle condizioni...»

«E... e, scusi, ma... Barbara?»

La conosce? Be', chiaro, erano amici, certo che la conosce.

«In che senso? Date le sue condizioni non era possibile che lei potesse...»

«No, no... Scusi, volevo dire... come sta Barbara?»

«Intende Barbara Meazza? La moglie?»

«Sì... sì...» La voce si fece più rotta. «La... la moglie.»

Ferraro prese un bel respiro prima di rispondere. «Come crede che stia? È molto provata.»

«No, no... non va bene...» Lo disse però a se stesso, non al poliziotto. Quasi lo sussurrò.

«Come, scusi?»

«No, è che...» Tossì per darsi contegno. «Le dica... le dica che... la grande, la tremenda verità è questa: soffrire non serve a niente.»

Ferraro guardò Giulia: ma che cazzo dice 'sto coglione?, enunciava la sua occhiata eloquente. Si sarà già masticato chili di foglie di coca e ora di prima mattina è in preda a misticismi d'accatto.

Si rivolse di nuovo al microfono: «Senta, Vicoli... non mi sembra proprio il caso».

Ci furono un paio di secondi di silenzio.

«Quando è previsto il... il funerale?»

«Crede di tornare in tempo?» Altro silenzio. «Dottore?»

«Be'...» Ora c'era imbarazzo. «Cerchi di capire, anche a volerlo. Sono dall'altra parte del mondo... cioè...»

Cioè t'è morto un amico e tu non vuoi interrompere la tua vacanza.

«Capisco» disse solo. Non c'era molto altro da dire. Però lo disse. «Un'ultima cosa, dottore.»

«Dica pure.»

«Secondo lei... perché Tolusso... insomma, perché l'ha fatto?» Silenzio. «Cioè, sempre se...»

«Sinceramente» e la voce si fece dura, «credo che non manchi a nessuno una buona ragione per uccidersi, non trova?»

L'UFFICIO

1

Le settimane passavano nella più assoluta abulia. Non aveva la forza di fare nulla, non scriveva neppure più, che senso aveva? Tanto neanche lo pagavano. Evitava pure i giornali, tutto quel parlare di crisi strutturale, di default, gli analisti che discettavano di recessione dicendo che bisognava stringere la cinghia, sempre quella degli altri, e quegli articoli gonfi di voyeurismo perverso, che parlavano di imprenditori o di operai suicidi, per colpa della crisi. Era come versare sale sulle ferite, tenerle aperte, guardarle sanguinare. Passava le serate così, seduto davanti alla finestra, indolente, apatico, barba sfatta, abiti sgualciti.

In Equitalia aveva contrattato una rateizzazione in trentasei rate mensili, ma a che serviva? Erano comunque circa mille euro al mese, uno stipendio. Dove li trovava?

Il suo conto era in rosso e ormai l'avevano messo nella categoria dei cattivi pagatori, onta ignobile, peggio di una lista di proscrizione. Aveva provato a trattare l'importo del suo bonifico mensile. Il consulente bancario gli aveva fatto capire che qualcosa si poteva fare, ma che lui doveva dimostrare buona volontà. Quasi che la banca finora avesse sopportato come un genitore paziente, ma ora bisognava smetterla di fare i capricci. Trattato peggio di un bambino, peggio di un paria.

Finse che tutto si sarebbe risolto in fretta, che con la

vendita della casa dei suoi avrebbe appianato tutto. Si accorse d'essere capace di raccontare bugie pure a se stesso, si scoprì falso, menzognero. Ignobile.

Quando quella mattina aprì la porta a Giulio, il postino lo guardò come avesse di fronte un estraneo.

«Dotto', ma che c'ha?»

«Niente, niente, una notte difficile.»

Questa, e quella prima, e quelle delle settimane precedenti. Una vita difficile.

Il postino gli porse qualche pacchetto, della pubblicità e poi gli chiese una penna. «C'è da firmare una raccomandata» disse, distratto.

Il cuore iniziò a battergli forte, sembrava volesse farsi spazio e uscirgli dal petto. Che c'era ancora, cosa doveva aspettarsi? Immaginò un'altra missiva bordata di blu, immaginava gli zelanti esattori che avevano spulciato le sue dichiarazioni dell'anno precedente, trovando altre anomalie, altro sangue da succhiare.

«Chi è?» chiese, come se Giulio conoscesse non solo il mittente, ma pure il contenuto.

«Nun so. Ce sta pure 'na comunicazione der condominio. Me firma pure questa?»

La mano gli tremava mentre apponeva in calce il suo nome come una condanna. Ma non era Equitalia. Lesse l'intestatario: «Cassa previdenza geometri? Che vogliono questi ora?» disse fra sé.

Giulio nel frattempo lo guardava spaventato. «Dotto', se faccia 'na tisana e torni a letto, è ridotto da paura.»

Giovanni neppure gli dava retta, prese la corrispondenza e gli accostò lentamente la porta in faccia, senza rispondergli. Non vedeva più nessuno, chiuso nel suo cerchio delirante e autodistruttivo. Voleva solo sapere cosa la sorte avesse riservato per lui oggi, come una pesca crudele dove non si vince nulla, come una riffa che estrae il numero del condannato, per la gioia di chissà quale occulto potere, misterioso e malvagio.

2

Quando, anni addietro, aveva definitivamente cambiato città e mestiere, aveva preso la decisione di non depennare il suo nome dal collegio dei geometri. Era una sorta di tributo al padre, un modo per potergli far dire, a chi chiedeva che lavoro facesse il figlio, che lui l'aveva fatto «studiare geometra». Quando poi aveva smesso di fare la professione, aveva pensato che tutti quegli anni di contributi alla cassa previdenziale forse gli tornava utile non buttarli via. Aveva continuato perciò a mantenere l'iscrizione e a pagare il contributo minimo, perché, insomma, non si sa mai, meglio pensare alla vecchiaia.

Quanta ingenuità, gli veniva da considerare, ora che apriva la raccomandata. La vecchiaia... un concetto così impensabile oggi. Il futuro era roba del secolo scorso, quando l'economia tirava, quando per davvero si potevano fare progetti. Quando un muratore come suo padre doveva ammazzarsi di lavoro, ma poteva in cambio mantenere una famiglia in modo decoroso, far studiare i figli, permettersi persino una casa di proprietà. E oggi? Cos'era successo all'ascensore sociale? Chi aveva sabotato la pulsantiera? Com'è che essere un professionista, o un insegnante, categorie che quando era bambino venivano guardate con rispetto, oggi non significavano più nulla?

A quarantaquattro anni suo padre aveva ben chiaro

cos'era stata la sua vita e cosa sarebbe stata la sua vecchiaia. A lui, oggi, alla stessa età del padre, sembrava quasi di avere appena iniziato ad orientarsi e, peggio, d'aver pure sbagliato strada.

Lesse. Anche qui la lingua si faceva oscura, bizantina. *Definizione del contributo integrativo e soggettivo*, c'era scritto. *Relativo conguaglio*. Ma che vogliono?

Domanda oziosa. Soldi, ecco cosa volevano.

Ciò che veniva contestato a Tolusso geom. Giovanni era che non avesse versato tutti i contributi previsti dal regolamento della cassa. In pratica che ad un controllo incrociato con la sua dichiarazione dei redditi del 2009 risultava che aveva fatturato come professionista una cifra molto più alta di quella dichiarata alla cassa. Che aveva imbrogliato, insomma, fatto il furbo, rubato, all'italiana.

Chiamò sul cellulare di Marco, ma non gli rispose. Le prime volte non ci faceva caso, era di certo occupato, si sarebbero risentiti dopo. Ma ormai sapeva che lo evitava di proposito e la cosa lo faceva imbestialire. Ho bisogno veramente di lui?, pensò. Dopo tre mesi a decrittare questa neolingua burocratica si sentiva come un egittologo che ormai sapeva tradurre i geroglifici ad occhi chiusi. Rilesse, con calma. Gli venne da ridere. Anzi, no. Rise, isterico. Aveva capito l'inghippo. Uscì di casa, così come si trovava.

Un'ora dopo stava urlando già da quindici minuti all'ufficio contabile della Cassa: «Lei non capisce, io non ho sbagliato la mia autocertificazione!»

Era entrato così, d'impulso, senza chiedere permesso, saltando la fila. La dipendente della Cassa previdenziale lo guardava terrorizzata, continuando però a parlargli, sperando di placarlo.

«Ma il riscontro con la dichiarazione dei redditi...»

«Cerchi di capire...» Finse di calmarsi. «Glielo ripeto: io ho una partita IVA sia come geometra che come sceneggiatore.»

«Che è, cioè... quelli che fanno i balletti?»

Cristo santo, ma com'è che nessuno sa cos'è uno sceneggiatore?

«No, io scrivo le storie per la televisione.» Il tono si inacidì. «Quelle che lei si guarda a casa mentre prepara la cena a suo marito.»

Alla donna tremava la voce: «Ma che c'entra con i geometri?»

Quello che appariva semplice allo sguardo di Giovanni era come il segreto di Fatima agli occhi della donna. E non solo ai suoi.

È che il mondo delle libere professioni in Italia vive ancorato ad un immaginario del secolo scorso. Persino certi termini continuamente utilizzati dai liberi professionisti fanno tanto *ancien régime*: incarico, parcella, onorario. Un mondo semplice, fatto di caste immobili: un'Italia di paesi appenninici dove il farmacista è figlio di farmacisti, dove il notaio è figlio di notai, dove se sei geometra o ingegnere lo sarai per sempre, perché così vuole il destino, così esige l'assetto universale. Che oggi per campare si debba avere più mestieri, che un ricercatore in biologia tornato dal laboratorio arrotondi il suo magro assegno rispondendo al telefono in un *call center*, o che un architetto paghi l'affitto di casa tirando linee in uno studio di un vecchio barone, ma anche pulendo uffici di sera e organizzando visite guidate per turisti giapponesi, tutto ciò, per il vecchio e polveroso mondo degli ordini, dei collegi, delle professioni è incomprensibile.

Giovanni provò a spiegare di nuovo la sua situazione.

Alla cassa aveva dichiarato cosa in effetti aveva guadagnato come geometra quell'anno. Cioè zero. E per questo pagava il minimo previsto.

«Ma il quadro RE dell'Unico 2008 dice che il volume di affari prodotto attraverso Partita IVA individuale...»

«Ma com'è che non lo capite?» Ormai urlava. Sembrava uno di quei matti che per strada ti avvertono che la fine del mondo è vicina. E forse era anche vero. «Io quei soldi li ho guadagnati facendo altro, ho già versato questi contributi, all'Enpals!»

Soldi che tra l'altro sospettava di aver gettato nella spazzatura. Era così poco fiducioso della gestione previdenziale di quell'ente da non averci mai fatto affidamento.

La donna, vedendolo urlare ancora più forte, si ritrasse, nascondendosi il volto terrorizzata. In quel mentre arrivarono due ceffi nerboruti che gli bloccarono le braccia.

«Ok, adesso andiamo a prenderci una camomilla, va bene?» disse uno, come parlasse con un demente.

«Lasciatemi stare, voi non capite. Ho ragione io.»

«Sì, certo, hai ragione tu. Ma adesso ce ne andiamo, va bene?»

Si parò di fronte un terzo uomo, probabilmente il capo ufficio.

«Se ha qualche rimostranza faccia i suoi rilievi via raccomandata. Ha due mesi di tempo, altrimenti scatta la penale.»

3

Entrò in casa e lasciò cadere a terra le chiavi, stanco morto. Tutto questo non aveva senso, non puoi combattere contro qualcosa di più grande di te. C'era come una immensa telecamera sulla sua testa, lui era il burattino, il buffone che doveva far ridere qualcuno che lo osservava da chissà quale mondo iperuranico. Si buttò a terra pure lui ed estrasse di tasca la raccomandata gualcita.

Lesse: *eventuali ritardi nel pagamento determineranno l'applicazione delle sanzioni e degli interessi di mora previsti*. Gli chiedevano di pagare i contributi che non doveva versare, altrimenti erano guai. Niente pensione, niente vecchiaia. **Euro 6.398,53**, segnati in neretto, come al solito; perché si leggesse bene, metti il caso il debitore fosse orbo, ipovedente, cieco! In neretto, come una graziosa attenzione da parte del creditore, 6.398,53 euro per tacitare il mostro affamato che gli ruggiva dentro. Con tanto di virgola, ben inteso, ché bisogna essere precisi quando si chiede una tangente. Questi sono professionisti, altro che i cravattai. Con gli strozzini in fondo uno sconto riesci sempre a ottenerlo, e poi magari ci vai pure a bere un caffè. Con loro le virgole non contano.

Be', insomma, vaffanculo pure alla previdenza. Tanto chi cazzo ci andrà mai in pensione? Si alzò, con fatica. Sul tavolo la posta ritirata poche ore prima era sparpagliata fra i bicchieri rovesciati e le tazzine sporche che si accumulavano da giorni. La casa sembrava stesse andando alla deriva così come il suo proprietario.

Tirò fuori dal mucchio una busta. Era dell'amministratore di condominio. Giovanni fece una specie di mezzo sorriso, come se, masochista, pregustasse un'altra sferzata sul volto. Aprì la busta con una impazienza persino allegra.

Come da preventivo gestione 2012/2013 approvato in data 12.04.2012 dove si dispone di mettere in atto l'esecuzione di manutenzione straordinaria delle facciate condominiali, calcolata, come da schema accluso, la partizione millesimali di Sua competenza, alleghiamo modulo per la corresponsione della prima rata da pagarsi entro dieci giorni dalla ricezione della presente.

Buttò per aria il foglio appena letto e si concentrò su quello successivo, era alla ricerca di un numero cabalistico, di una cifra in neretto. Voleva sapere se anche lì le cose erano state fatte bene, con professionalità. Cercava una virgola, come un mistico cerca una traccia misteriosa nelle cose di tutti i giorni, un segno da parte di Dio.

Euro 5.476, 87.

Eccolo il segno. Dio esiste. E si prende gioco di noi.

IL CIMITERO

1

Ti accorgi d'invecchiare quando il cimitero diventa un luogo sempre meno straniero. Da bambino è qualcosa di incomprensibile, quasi un parco giochi dove immaginare le storie delle persone fotografate sulle lapidi, aliene e lontane nel tempo per definizione. Da ragazzi sono i nonni a morire, poi, crescendo, i padri, infine i fratelli. Augurandoti che non ti capiti mai siano i figli.

Ferraro guardò Giulia, così seria mentre teneva sottobraccio Barbara Meazza. Poi si rese conto che stavano passando affianco al campo dove era sepolto Armandino. Quanti anni erano ormai? Nove? Capisci d'invecchiare quando la mappa da seguire si complica, quando le tappe si moltiplicano, come stazioni di una tua personale via crucis della memoria. Armandino era morto in un inverno freddo e innevato, ora c'era un solleone caldo e afoso. Non esistono stagioni ideali per morire, si muore e basta. Una cosa in comune però c'era fra le due funzioni: nessuno da Armandino, nessuno da Tolusso. I funerali in fondo servono ai vivi, ci si conta, ci si stringe per farci forza di fronte allo sgomento, ma tirate le somme, che siano esequie pubbliche o private, alla fine, lo sappiamo tutti, si muore soli.

La cassa veniva calata nella fossa con fatica, tutto attorno altre buche pronte alla sepoltura quotidiana. I morti non vanno in vacanza, i becchini neppure. C'era pure il prete.

Chissà se sapeva che stava benedicendo un suicida. È tutto così tipicamente cattolico: dire e non dire, lasciar intuire, con ipocrisia e compassione. La forma che vinceva sul contenuto. Anzi, no, la forma come unico vero contenuto contro il caos: senza un rito non si muore per davvero, senza una benedizione non si scacciano i fantasmi. Superstizioni logiche, ossimori filosofici.

Barbara voleva inginocchiarsi, Ferraro, distratto, due passi indietro, non fece in tempo a darle una mano. Ma c'era Giulia, che non s'era staccata un secondo dalla donna, come un'amica del cuore, una sorella minore, una nipote devota. La donna estrasse dalla borsa una fotografia e la baciò. Cosa se ne facesse una cieca di una foto pareva strano al poliziotto, ma questo è appunto un pensiero da sbirro. La foto era per il passante pietoso, ovvio, non per la donna che conosceva a memoria i lineamenti del defunto; era per il decoro di una tomba troppo anonima, poco più di una spolverata di ghiaietto in attesa di una lapide in marmo di Carrara.

Infine la donna allungò la foto, custodita dentro una guaina trasparente, sul tumulo. La mano non era ferma.

«Giulia» disse.

«Sì, aspetta un attimo» rispose la ragazza, come se le leggesse nel pensiero.

Si guardò attorno alla ricerca di qualcosa.

«Che c'è?» chiese il padre.

«Trovami un sasso, così teniamo ferma la foto.»

Ferraro si guardò attorno. È tanto volatile la nostra memoria che ha bisogno d'essere ancorata ad una pietra. Ne trovò un paio e le porse alla figlia.

«Tieni» le disse.

Meazza continuava a pregare muta, in ginocchio. Ferraro osservò la foto e con stupore si rese conto solo in quel momento che era andato al funerale di una persona della quale neppure conosceva le fattezze.

«Ecco fatto» disse la ragazza, dopo aver controllato che la foto fosse in una posizione baricentrica.

Poi mosse impercettibile la busta, come chi raddrizza un quadro storto alla parete di casa. Sembrava contenta del lavoro ben fatto.

«Brava» disse Barbara, sulla fiducia, ché lei mica poteva saperlo com'era stata accomodata la cosa.

Provò ad alzarsi.

«Aspetta, ti do una mano» le disse Giulia, con un rigore nei gesti e nella voce da farla sembrare ancora più grande dei suoi anni.

Ferraro si spostò per fare spazio. Sembravano abbracciate come le Grazie del Canova. Oltre al loro contorno in controluce, Ferraro notò un uomo, immobile, che li osservava.

E questo chi è?, pensò, sbirresco.

2

Avesse avuto un cappello se lo sarebbe rigirato, nervoso, fra le mani. Ferraro cercava lo sguardo di questo omino irrequieto, ma gli occhi restavano bassi e fugaci. A guardarlo bene era giovane, non più di trentacinque anni, ma i tratti somatici così seriosi, il portamento e persino i vestiti lo invecchiavano più del dovuto.

Si erano dati un appuntamento al bar sotto casa di Barbara Meazza, giusto il tempo di riportare la donna nel suo appartamento e lasciarla alle cure della figlia. Ora, uno di fronte all'altro, sorseggiavano un caffè macchiato. Tanto gentile era stato ad accompagnarli, altrettanto ora si faceva fatica a cavargli le parole di bocca. Ma in fondo questo era il mestiere di Ferraro, toccava a lui fare da maieuta.

«Conosceva Tolusso da tempo?»

«No, no...» Alzò gli occhi verso Ferraro, ma li riabbassò subito. «In realtà l'ho visto solo una volta.»

«E... scusi, come ha saputo...»

«Ho letto il necrologio, stamattina, sul *Corriere*. Non so neppure io perché sono venuto...»

Si bagnò le labbra con la tazzina, come a fare qualcosa. Ferraro stava spazientendosi, che ci stava a fare qui?

«Senta, io le ho detto chi sono, ma... insomma... vuole spiegarmi chi è lei, esattamente?»

«Io... ho conosciuto il signor Tolusso circa una settimana fa... per una consulenza.»

«Tolusso le ha fatto da consulente? E su cosa?»

«No, no.» Sorrise. «È il contrario.»

«Senta, così non va bene. Sia più chiaro e non parli a pizzichi e bocconi.»

«Cosa?»

Uff, che pizza. Questo è così nervoso che ancora un po' mi chiede di interpellare il suo avvocato.

«Ok, daccapo.» Gli toccava fare il classico interrogatorio. «Vuole darmi le sue generalità?»

«Mi chiamo Sergio Carnevale.» Mise una mano sull'interno della giacca. «Se vuole le mostro i documenti.»

«Non ce n'è bisogno. Stiamo facendo una semplice chiacchierata.» Finì il suo caffè, d'impulso. Poi sorrise: «E si rilassi, la prego».

«D'accordo, d'accordo.» Ma non si rilassava.

«Allora, perché è venuto al funerale di Tolusso?»

«Io...» Osservò fuori dalla vetrina. Poi si fece coraggio e fissò lo sguardo su Ferraro. «Il signor Tolusso mi aveva telefonato, tre settimane fa. Non so chi gli avesse dato il mio numero. Aveva dei dubbi contabili.» Poi, rendendosi conto di non averglielo ancora detto: «Sa, io sono un commercialista...»

Ok, ora sappiamo pure che fa nella vita.

«Le aveva telefonato...» Ferraro fece un gesto con la mano, a dire: vai avanti, non fermarti. «E...?»

«Mi spiegò in modo confuso la sua situazione contabile. Disse che sarebbe passato a Milano per lavoro, che avremmo potuto incontrarci.»

Finì il caffè. Poi, subito dopo, sorseggiò dal suo bicchiere d'acqua. Ferraro ebbe come un moto di disgusto. Che senso ha prendersi un caffè e sciacquarsi subito dopo la bocca?

«La prego, sia più chiaro.»

La gente non sa parlare, le confessioni sono sempre così caotiche!

«Sì, certo... insomma, mi mandò le sue dichiarazioni, e poi alcune ingiunzioni di pagamento. Una molto corposa da Equitalia.»

Debiti. Una buona ragione per uccidersi, no?

«Ma, mi scusi... Tolusso aveva già un commercialista.»

«Ecco, appunto... diceva di non fidarsi più di lui, che non gli rispondeva al telefono, o quando lo faceva era distratto... mi mandò pure una copia del loro carteggio via e-mail...» Sorrise, amaro. «Un delirio...»

«E aveva ragione?»

«Chi?»

Mio nonno! Ma cazzo, cerca di calmarti e sta' sul pezzo. Di chi stiamo parlando, del Mahatma Ghandi?

«Tolusso... aveva ragione di sospettare?»

«Poi venne a Milano e gli feci vedere tutti i buchi, gli errori.»

«Errori?»

«Il suo commercialista l'aveva inguaiato. Mancate dichiarazioni IVA, dimenticanze, errori di trascrizione, cifre invertite.» Alzò le mani come ad arrendersi. «Sia ben chiaro. Tutti noi facciamo errori così. Nessuno è perfetto, ma il mio collega sembrava li avesse collezionati tutti.»

«E Tolusso si ritrovò dall'oggi al domani con la cartella esattoriale da pagare.»

«Esatto.»

«Quanto?»

«Più di trentamila euro.»

Ferraro fischiò, incredulo.

«Ma scusi... non poteva denunciarlo?»

Carnevale sorrise, imbarazzato.

«Dipende.»

«Che significa?»

«Sa... a firmare la dichiarazione dei redditi è il titolare.»

«Ma a compilarla è il commercialista.»

«È vero, certo... però noi...» e in quel pronome personale plurale c'era il sentimento d'appartenenza ad una casta di intoccabili, «noi non abbiamo responsabilità in questo senso. È il contribuente che appone in calce la firma e quindi deve sapere cosa certifica.»

Ferraro lo guardò come avesse di fronte un marziano che gli chiedeva dov'era il locale di *lap dance* più vicino.

«Scusi, mi faccia capire... io mi accorgo che mi fa male il fegato, un dottore mi opera ma sbaglia e mi espianta un polmone, però poi dice che è colpa mia perché dovevo controllare come operava?»

Carnevale riabbassò lo sguardo. «Be', insomma... non è proprio così, cioè, è un esempio un po'... azzardato, ecco...»

Azzardato un paio di palle! Meno male che c'ho la busta paga, che se dovevo farmela da solo la dichiarazione me ne andavo dritto dritto in prigione come evasore!

3

I caffè li pagò Ferraro, giusto per evitare maldicenze sul parassitismo dei dipendenti statali. Fuori dal locale Ferraro buttò un occhio per vedere se c'erano ancora le biciclette. Le avevano lasciate qui stamattina, prima di muoversi verso il camposanto, troppe ore sole come fanciulle indifese nell'antro dell'orco. C'erano.

Carnevale guardò l'orologio, sembrava di fretta, anche se in realtà lo sembrava anche due ore prima, al cimitero. Certamente di fretta lo era il poliziotto, voleva recuperare la figlia e lasciarsi alle spalle questa storia così miserabile al più presto.

Era l'ultima notte che Giulia passava da lui, ancora poche ore e sarebbe ricominciato il solito tran tran: la figlia dalla madre e lui in commissariato. Voleva finire in bellezza questa vacanza segnata dal caso, portando Giulia a mangiare fuori da qualche parte. Anche per cercare di evitare che alla domanda della madre: «Che avete fatto di bello questa estate tu e tuo padre?» lei rispondesse candida: «Ma niente, ci siamo occupati di un suicidio!»

Allungò la mano verso l'omino senza cappello.

«Allora, dottor Carnevale...»

L'altro replicò il gesto, poco convintamente.

«Avrebbe potuto, comunque...» lo disse d'un fiato, quasi gli fosse uscito senza volerlo.

Ferraro non capiva: «Cosa?»

«Denunciarlo. Tolusso, al mio collega...»

Ferraro rimase con la mano dell'uomo stretta nella sua, accigliato. E me lo dici ora? Complimenti per la capacità di sintesi.

«Ma non mi aveva detto che...»

«Forse... insomma, non so se ci sarebbe riuscito, però...»

Ferraro mollò la mano dell'altro, stizzito.

«Carnevale, sto iniziando a perdere la pazienza, la smetta di parlare per enigmi...»

«Mi scusi, mi scusi.» Si passò la mano sui pantaloni, per detergere il sudore. «È tutto così assurdo.»

«Ma cosa?»

«Non mi era mai capitato che uno venisse da me per una consulenza e la settimana dopo ero al suo funerale.»

Ma questo non sarà mica preoccupato perché non è stato pagato?

«Perché avrebbe potuto denunciarlo? Me lo vuole dire?»

In effetti, dopo aver salutato Barbara Meazza, pedalando con la figlia verso casa, ripensando alle parole di Carnevale l'unico aggettivo che gli passava per la mente era lo stesso utilizzato dal giovane commercialista: assurdo.

Tolusso, pace all'anima sua, era un pollo, ecco la verità. Da quello che aveva riferito a Carnevale, ci pensava Vicoli ai pagamenti trimestrali. Quando Tolusso veniva a Milano gli portava i soldi direttamente in contanti: avevano sempre fatto così, si conoscevano fin da ragazzi, non era mai stato un problema, si fidava. Certo, spesso pagava anche con assegni, o bonifici, ma la maggior parte delle volte in moneta sonante. Ferraro conosceva quella mentalità, era la stessa dei suoi genitori, degli emigranti, o dei contadini appena venuti in città, che si tenevano i denari sotto il materasso e andavano in giro con il portafogli pieno, perché non si sa mai, che poi con quelle carte di credito, chissà come ti fregano i soldi. Ma questi ragionamenti Ferraro li poteva comprendere se fossero stati fatti dai genitori di Tolusso, non da uno sceneggiatore che viveva in una grande città. Possibile che la sua infanzia di emigrato in Svizzera l'avesse così profondamente segnato da rimanere ancorato a tabù e abitudini desuete?

E poi, dai, in contanti, ci siamo capiti? Assurdo! Va bene fidarsi, va bene l'amicizia, ma neppure rendersene conto... Carnevale gliel'aveva detto: il suo commercialista s'era incamerato il denaro, poteva provare a denunciarlo, ma ci volevano prove, pezze d'appoggio.

Hai capito quello stronzo di Vicoli, che faceva tanto il filosofo nichilista su skype e nel frattempo s'era fottuto i soldi dell'amico! E di chissà chi altri, a questo punto: se inizi con uno poi ci prendi gusto.

Era questo il senso di colpa che perseguitava Carnevale, al punto da venire al funerale di uno che in fondo gli era sconosciuto; questo il suo dubbio, questa la ragione del suo titubare: non essere riuscito a convincere Tolusso di denunciare il collega, o forse di non averci provato per davvero. Forse per buona educazione congenita, forse perché fra commercialisti non ci si fa le scarpe, forse perché Tolusso manco lo aveva ascoltato, lui e la sua fiducia nel prossimo. Se ne sarà uscito dall'ufficio di Carnevale con l'animo in frantumi e i debiti fin sopra gli occhi. Poveraccio. Che morte del cazzo. Assurda.

LA MACCHINA

1

Marco,
ti sto cercando da tutta la mattina, in uff, al cell, almeno un cenno di vita potresti darmelo.
   Ci sono novità?

Marco?

Oggi dall'uff. non ho risolto molto. Al tel ho capito che parte della cartella riguarda anni 2008-2009, ho richiesto doc ma le annualità sono bloccate. Mandami nuova delega con allegata carta identità. Ho fissato un app all'ag entrate, fra 3 sett.

Marco,
eccoti pdf delega firmata e copia C.I. ma li avevi già, te li ho compilati l'ultima volta da te.

Marco, novità?

Marco, mi rispondi?

Sono stato occupato con dei clienti. Ora sono in metro e tra 15 minuti sono da altri clienti. Ieri non sono andato perché non era certo l'appuntamento. Ventilava sciopero. Prendo altro app.

Marco, il prossimo appuntamento mi sembra davvero troppo sotto alla scadenza termini. Occorre trovare una soluzione prima; se serve io mi metto pure in fila (come scrivevi tu) ma poi senza la tua presenza non c'è modo che io possa dire alcunché.

Ti prego trova dieci minuti per me e organizziamo una strategia. Oltre 30.000 euro per me sono tanti soldi, e mi sento pure beffato, essendo io uno che NON ha mai voluto evadere o fare il furbo. Come ti ho già detto al tel, se sono io che devo dare dei soldi allo Stato lo farò, ma non mi sento responsabile di errori di compilazione delle mie dichiarazioni e delle conseguenti more che si sono aggiunte.

Io ce la metto tutta. È l'ag entrate che non rispetta gli appuntamenti. Dovevo andare lì e sentirmi dire che il funzionario era in assemblea? Altro che 10 min per te, sarebbero ore di attesa! Torno il 7, non preoccuparti.

Marco?

Che sfiga! Capita sempre a te!!! Seconda prenotazione e seconda volta che mi danno buca!

Marco, il 13 scadono i termini e io DEVO dare una risposta a Equitalia, qui scattano altre multe su multe. Come ne usciamo?

Aspetta, ci penso, poi ti dico.

Sono passati tre giorni. Hai pensato? Siamo a meno 8 dalla scadenza dei termini.

Appena ho tempo, in sett, vado in Ag Entrate, faccio la coda e spero di trovare un funzionario che mi dia retta. Nel frattempo, ti chiederei di saldarmi i conti in arretrato, grazie.

Conti? L'ultima volta ci siamo detti che avresti decurtato le more che mi hai fatto pagare per una dichiarazione IVA che t'eri dimenticato di farmi saldare a suo tempo e altri ritardi così. Io non ho mai tenuto i conti, anche perché quello che deve tenere i conti sei tu! Cerca d'essere più presente con la memoria. Mi avevi anche detto che tu il 7 avevi già preso un appuntamento, te lo ricordi? Quindi di che fila parli? E in ogni caso: se non trovassi "un funzionario che ti dia retta", cosa facciamo?

È vero! Avevo preso app. (un'ora andare e una tornare): sperando non ci sia nuova riunione sindacale che interrompe il servizio. Altrimenti farò la fila.

E poi: non sono io che non voglio, ma loro che incrociano le braccia. Ho inviato tre volte il tuo fascicolo all'Ag Entrate perché l'avevano perso! Più di questo non posso fare.

Se devo pagare pagherò, se l'errore è nostro e non loro, ma le more e le multe non mi sembra giusto le esborsi io.

Riassunto visita ag entr: controllo documentale anno 2008. Non hanno verificato, devo tornare dal funzionario. Avevo consegnato due anni fa!

Irpef 2009: mancata indicazione compensi di imposta anno precedente. Ai tempi della comunicazione d'irregolarità. Non era possibile verificare in quanto l'anno prec non era accessibile, causa controllo di cui sopra.

Quindi, Marco? Che dobbiamo fare?

Ti ripeto la domanda (è già passata una settimana!): che dobbiamo fare?

Il 18 vado ag entrate per cartella pagamento e vedo funzionario. Al primo accertamento non ti ha riconosciuto parte contributi.

Io ho rateizzato, non ho molto tempo però. Ma se riesci a trovare, come mi hai detto al tel, il loro errore blocco il pagamento. È un salasso, non ce li ho. Ora ho pure la rogna della Cassa, come ti ho detto. Dammi una buon nuova!

Marco?

Oggi 2 ore in ag entrate. Spese funebri tuo padre accettate in parte. Scontrino anno successivo e alcuni illeggibili, non fatturato. Non riconoscono ritenute acconto, alcuni tuoi clienti non hanno versato la ritenuta. Spese sanitarie non leggibili, non corrette.

Chi sono i clienti? Devo andare alla mia banca a farmi un estratto conto? Ma poi, non capisco: loro non versano e io ne pago le conseguenze? Io vengo liquidato solo via bonifico. Non controllo mai chi mi paga, figurati se so se versano la ritenuta! Era meglio quando i soldi te li davano in mano! Provo a vedere, ma se mi dici i periodi e chi cercare faccio prima.

Marco, hai ricevuto mia email precedente?

Marco, mi dici chi devo cercare? In quale periodo?

Marco?

2

È dare. E avere. Dare e avere. Dare, avere. È un buco, una falla che inabissa la barca. Ma è anche il fasciame nuovo, la toppa, chiodi e martello, lavoro. Rispetto del lavoro. Tutti chiedono, ovunque, dappertutto, pretendono, arrogano. Nessuno dà. Devo smetterla di pensare ai debiti, devo concentrarmi sui crediti. Sui guadagni. La casa in Friuli, non ci vado mai, quattro soldi li tiro su. I valori affettivi... ridicolo, tutte cazzate... vanno bene per chi ha il culo al caldo. Mi sono piagato le mani a portare pietre, a che serve ricordarlo? Quella volta che stavo cadendo dal tetto, mentre posavamo le tegole. Dovrei farmi la barba, tagliarmi i capelli, faccio schifo. Dare, avere. C'era quel bambino che mi guardava, sul tetto, un giorno mi ha detto che mi invidiava, che voleva fare come me, ma per sua mamma non c'era storia. Passo la sera seduto davanti allo specchio per tenermi compagnia. E poi la roggia vicino la casa, lì pescavo con papà, in silenzio. Non dicevamo niente, eravamo solo noi però, neppure a Kleinbasel così vicini. A che serve? A che serve? Sono mattoni, intonaco, sanitari, serramenti, staffe d'acciaio, tondini zigrinati, braga sifone ispezione, piombo, rafia, gres porcellanato. Cose, non persone. Dare, avere. Chi ho io lì? Nessuno. Mia madre, sepolta affianco a papà. Non ha saputo aspettare. Voleva più bene a lui, forse. Ormai sei grande, cammini con le tue gambe. Quando si diventa grandi? Non sono mai tornato a pescare. Il Tagliamento certe volte era come il Reno. Una volta in secca ho visto i carri armati che facevano le esercitazioni. Uscire. Uscire dal gorgo o farsi sommergere dal silenzio. C'è gente che mi deve dei soldi. Vado a prendermeli.

3

«Voglio denunciare Dracula.»

«Ma finiscila...»

«Tu sei il mio agente, il mio avvocato, devi fare quello che ti dico.»

«Ti sbagli... io sono in dovere di consigliarti la cosa migliore per te.»

«Me li deve, sono soldi miei.»

«Giovanni, ascolta... non fartelo nemico, non ti conviene.»

«Perché, sarebbe amico mio?»

«Se intentiamo una causa civile i soldi li vedrai fra dieci anni, ti conviene?»

«Che cazzo di ricatto è questo?»

«Non è un ricatto, è realismo. Tieni duro ancora qualche mese, in Rai si stanno riposizionando le pedine nei posti giusti.»

«Me l'avevi detto anche tre mesi fa. Io non gioco a risiko, io scrivo storie.»

«Giovanni, cazzo... credi di essere l'unico?»

«Sono bravo.»

«E credi di essere l'unico bravo? Oppure che ce ne sia davvero bisogno di uno bravo? Ma dove vivi, si può sapere? Metà dei miei clienti attori ha l'espressività di una pietra, la metà dei registi il talento di un invertebrato.»

«Che discorsi sono?»

«Nessuno è indispensabile. Tu più degli altri. Ne ho dieci fuori dalla porta che farebbero il tuo lavoro a metà del prezzo.»

«Metà di zero è zero.»

«O porti pazienza o scompari, mettitelo in testa. Nessuno sa chi sei, il pubblico si mangia sempre la stessa merda, chiunque la cucini.»

«Mi fai schifo.»

«Ok, chiudiamola qui. È inutile andare avanti.»

«Dov'è Dracula?»

«Cosa te ne frega?»

«Voglio parlargli.»

«E che ne so io dov'è? Mica sono il suo pastore.»

«No, hai ragione. Sei il suo cane da guardia.»

4

Come era ovvio pure la segretaria di Dracula insisteva a dire che non sapeva affatto dove fosse il principale. Bugiarda patentata, le pagano per dire bugie, con quelle faccette da brave ragazze, quando tornano a casa come si comportano con i mariti? Saranno false altrettanto?

Ma Giovanni aveva le idee chiare, sapeva benissimo dove trovare il suo debitore. Inforcò il motorino, scese balzellando Monte del Gallo e imboccò via Gregorio VII. Cinque minuti, dieci al massimo, pensava, credi davvero di farmi fesso? Lo sanno tutti dove passi le tue giornate. Girò attorno a Castel Sant'Angelo, gli bastò scorgerlo da sotto il casco per provare un fremito. Roma era casa sua, lo capì per davvero lì, mentre correva sul motorino ronzante. Non c'era nato, ci poteva morire però. Passò affianco all'Ara Pacis e diede gas. Che cazzo credi, che non so dove stai? Entrò in piazza del Popolo da via Ferdinando di Savoia, correva indifferente al traffico, zigzagando fra le automobili. Inchiodò davanti a Rosati. Tirò su il cavalletto e si mosse verso i tavolini. I velari erano tesi per riparare dal sole i pochi astanti che sorseggiavano l'aperitivo. Turisti, soprattutto, che ammiravano la piazza monumentale, fotocamera digitale alla mano, ma anche qualche idiota convinto che sedersi a quei tavolini a discutere di letteratura, come *ab illo tempore* avevano fatto Calvino o

Pasolini, bastasse a trasformarli in intellettuali d'assalto. Poveri illusi, scribacchini perdigiorno.

Poi c'era lui, Dracula che addentava un pasticcino alla crema. Addentava e rideva. Rideva e manducava. Di spalle il suo cane da guardia, Umberto.

Dracula guardò incuriosito verso quello strano barbone con il casco in mano che si avvicinava al suo tavolo. Era lo sguardo di chi non sa chi sei, che ti guarda come si osserva uno sconosciuto. Anni e anni a lavorare con questo succhiasangue e neppure sa chi sono. Ci saremo visti decine, centinaia di volte, ma per lui sono uno dei tanti. Un numero, sacrificabile.

Sembrò quasi che Umberto lo vedesse arrivare dagli occhi accigliati di Dracula, come in uno specchio deformato.

«Ma che succede?» chiese al suo padrone, e si girò per guardare anche lui.

Giovanni tese il braccio di lato e inferse col casco un colpo spaventoso sulla mascella del suo agente.

«A cuccia tu!» gli disse, più duro che ironico.

Poi si sedette al tavolo, indifferente a Umberto che si teneva la faccia urlando di dolore.

«Ma chi...» Dracula si fece pallido, esangue, quasi ad onorare il suo nomignolo.

«Senti bene, testa di cazzo. Voglio i miei soldi, e li voglio subito.»

«Ma che succede? Chi...»

I turisti s'erano nel frattempo alzati di scatto, indietreggiando dalla scena, aumentando la concitazione generale. I due intellettuali de' no' antri guardavano stupefatti e impietriti questo sbocco di realtà che interferiva nelle loro disquisizioni elegantemente polemiche su contenutisti e calligrafi.

«Ventisettemila euro, minchione.» Indicò verso Umberto. «Chiedi al tuo cane da passeggio.»

Si alzò di scatto. Dentro al locale intanto avevano già chiamato le forze dell'ordine.

«Io ti denuncio» guaiva Umberto, sputando sangue.

«Fa' quel cazzo che vuoi» gli disse, come se stesse parlando ad una pulce. Poi, a Rizzi: «Voglio solo i miei soldi. Domani, sul mio conto. Oppure, ovunque sarai, ti vengo a prendere, hai capito?»

Gli sputò in faccia, con metodo. Poi si mosse verso il motorino, come se nulla fosse. Quando vide i carabinieri avvicinarsi non oppose alcuna resistenza.

5

Erano cinque ore che guidava, in prossimità di Bologna iniziò a scorgere l'alba. I giorni passati, se mai era possibile, gli sembrarono i peggiori della sua esistenza. Dopo quel pomeriggio passato in caserma fu rilasciato a piede libero con l'impegno formale di non allontanarsi dalla città. Certo, come no. Come se potesse permetterselo di agonizzare davanti allo specchio di casa. Minacce, percosse, una denuncia penale sul groppone, non aveva tempo per cercarsi un avvocato, era troppo preso a mettere in vendita le sue proprietà. Era certo che con la casa di Roma avrebbe appianato tutto. A Ferrara gli venne fame, ma tirò dritto. Povero illuso, pensò di sé, a sole ormai alto. Quando l'agente immobiliare gli fece una valutazione rimase senza fiato. Un appartamento così, gli aveva detto, è difficile piazzarlo in questo periodo. La cifra stimata fu di almeno un terzo inferiore a quella di quando l'aveva comperata lui. Com'era possibile? Lei ha acquistato quando i prezzi erano molto alti, e ora vuole vendere quando sono crollati, aveva concluso quella specie di serial killer travestito da intermediario. Superato il Po Giovanni continuava a farsi i conti in tasca. Vendendola a quella cifra neppure riusciva a saldare il debito con la banca, che senso aveva?

Restava la casa in Friuli. Aveva trovato un compratore in paese, s'erano accordati per la vendita senza passare dall'agenzia, così risparmiavano entrambi. Per far prima saltavano pure il compromesso, il compratore aveva preso un appuntamento con un notaio di Pordenone per quella mattina. S'erano accordati per una cifra ridicola, era poco più di una boccata d'ossigeno, non certo la panacea, ma era già qualcosa. A Mestre imboccò la A27. Chiudo questa pratica, pensava, e poi passo da Carnevale, a Milano, così gli pago anche la consulenza. Mi sembra uno a posto, vediamo che mi dice dei conti, magari mi risolve tutto lui.

Uscì a Porcia. Guardò l'ora, era ancora presto. Ormai aveva quasi esaurito pure il fido, viveva con l'anticipo della carta di credito, doveva controllarsi nelle spese. Il notaio aveva lo studio in centro città. Mollò la macchina davanti alla stazione e se la fece a piedi. Solo tre anni prima, l'ultima volta che era venuto a Pordenone, era un altro uomo. Era un settembre fresco e ruffiano, la città era colma di gente per una manifestazione letteraria. Gli piaceva andare di conferenza in conferenza, ad ascoltare gli scrittori che amava, sapendo che non avrebbe mai incrociato uno sceneggiatore neppure a pagarlo: sono tutti ignoranti, non leggono nulla, pensava, ora che sul Corso cercava un bar dove prendersi un caffè. Ma in fondo a che serve leggere? A me è servito?

Un quarto d'ora all'appuntamento. Tirò giù un paio di bicchierini di grappa, per farsi forza. Certo di prima mattina non era una grande idea, ma d'altronde stava andando a vendere la casa che aveva costruito con suo padre. Era come un'amputazione per lui, occorreva anestetizzare l'anima.

6

«Ha cambiato idea.»

«Mi sta prendendo in giro?»

Il notaio era l'icona del rammarico. Chissà se fingeva o se davvero provava imbarazzo. Venne a prenderlo lui alla porta, neppure la segretaria, quasi un gesto di cavalleria, di solidarietà.

«Mi ha telefonato, questa mattina. Dice che ci ha ripensato, che ci ha riflettuto tutta la notte e in questo momento difficile non crede di potersi permettere...»

«Ma che discorsi sono?» Giovanni era furente. «Io ho viaggiato l'intera nottata per essere qui in orario, e questo non ha neppure il coraggio di venire a dirmelo in faccia!»

Il notaio si strinse nelle spalle: che poteva farci lui?

«Se vuole può denunciarlo, io posso testimoniare... ma è più una questione di principio, perché, in fondo, voi non avevate nessun accordo scritto, neppure un compromesso...»

«Ma è una follia!»

«Forse... se rivede la sua richiesta, sa... la crisi...»

La fatica fu guidare. Non tanto per la bottiglia di grappa che s'era scolato, ma per gli occhi colmi di lacrime. Ormai piangeva di continuo, da settimane, senza vergogna. La freddezza, il silenzio interiore che aveva cercato da tutta la vita erano diventati concetti sconosciuti. La giornata era pulita, il caldo soffocante. All'altezza di Vicenza riconobbe Monte Berico. Ci era andato, un'estate di dieci anni prima, con Barbara. Fecero la salita a piedi, con calma. Fu una giornata bellissima, proprio come oggi. Ebbe un singulto, vomitò sul sedile del passeggero; una macchina che veniva da dietro fece una manovra sgraziata per evitarlo; mentre lo superava strombazzò all'impazzata. Giovanni accostò sulla corsia d'emergenza, debilitato.

Che ci vado a fare a Milano, cosa vuoi che mi dica Carnevale? A quale altra illusione mi devo aggrappare? Forse se ne parlassi con Barbara... no, no... un colpo di tamburo.... No, poveretta, no, non se lo merita. A chi posso chiedere, a chi? Un altro colpo. Non è un tamburo. Picchiano alla porta di casa... Giulio, sei tu? No, no, non è la porta di casa... Cosa volevi dirmi, papà? Dove sei? Perché insisti, perché non entri? Ehi, come va? Qualcuno, che bussa. Dove? Si svegliò di soprassalto. Un uomo batteva preoccupato al finestrino della macchina. Tutto a posto? Giovanni guardò l'ora sul cruscotto, aveva dormito per quasi due ore. Sì, grazie. Riprese il suo pellegrinaggio, come un automa, puntando verso ovest, nel pomeriggio riconobbe dall'olezzo l'aria della metropoli. Milano.

Carnevale quasi non volle farlo entrare, lo guardava preoccupato, non si sa se dell'uomo che aveva di fronte o delle cose che gli avrebbe detto. Quando un'ora dopo lo riaccompagnò sull'uscio, provò al contempo una liberazione e una infinita pena. Giovanni cercò pure di accennare al compenso, ma Carnevale gli disse che ne potevano riparlare a settembre.

Una settimana dopo questo incontro, l'unico che ebbero, mentre al funerale seguiva a distanza il feretro, Carnevale ricordò la sensazione che ebbe vedendolo scomparire nell'ascensore: Tolusso era un uomo morto, in cammino verso un destino ineluttabile. Tutte le volte che ci ripensò, negli anni a venire, non smise mai di vergognarsene. Non tanto dei suoi poteri divinatori, ma della sua inettitudine, o forse inerzia, a cambiare le sorti del fato. Sarebbe bastato un gesto, forse. Una parola.

IL CIBO

1

Mustafà era chiuso per ferie, quindi niente pizza dell'ultimo giorno di vacanze. Peccato, negli anni certe ritualità consolidano i rapporti, siano d'amicizia, di coppia o familiari. Dopo avere valutato tutte le ipotesi alternative su dove cenare, padre e figlia optarono per l'africano.

Non era una scelta dettata dal desiderio di esotismo: Ferraro mangiava *'njera* e *zighinì* da ben prima che gli capitasse di assaggiare un involtino primavera o un raviolo al vapore. La comunità eritrea era sempre stata molto presente a Milano, fin dagli anni Sessanta. Da ragazzi la compagnia sciamava verso Porta Venezia almeno una volta a stagione, per togliersi lo sfizio infantile di mangiare a strafottere usando le mani. Gli enormi vassoi con la piadina spugnosa da strappare rigorosamente con la destra, lo spezzatino di carne e le verdure piccantissime scatenavano battaglie sanguinarie all'ultimo boccone. Le mani si affastellavano sui piatti di portata comuni, cozzando, spingendo, rubando il cibo del vicino: era una festa, un baccanale, un'orgia dei sensi. Mangiavano come lupi, più in fretta possibile, quasi che finire prima fosse il modo migliore di sopportare la pena di un piatto così speziato, piccante fino alle lacrime, bevendo, appena la bottiglia si liberava dalle mani di qualcuno, tutto quello che capitava a tiro. Erano ragazzi, insomma.

Ci andava quando ancora era fidanzato con Francesca, e ci era tornato anche dopo il divorzio, con Giulia piccolina, raccomandandosi con il cuoco di evitare il piccante, anche se sapeva che era come chiedere un piatto di spaghetti senza il ragù. Giulia, inutile dirlo, a mangiare con le mani si divertiva come una matta. Poi venne la passione per le bacchette e la Cina vinse sull'Africa, soppiantandola. Proprio come nell'economia reale. Ma in questi sprazzi d'Africa ci tornavano, ogni tanto. Soprattutto ora che Ferraro aveva scovato un piccolo ristorante dalle parti di casa sua. Cinquanta etnie, su via Padova, serviranno pur a qualcosa, oltre che a far strillare i giornalisti di nera e i politici securitari!

Di conseguenza niente cinese, peruviano, turco, rumeno, giapponese, brasiliano. Stasera si mangia con le mani. Quando provò a raccomandarsi col cameriere sul dosaggio del peperoncino, Giulia lo rassicurò. Aveva quattordici anni, insomma, mica poteva continuare a trattarla come una bambina! Hai detto niente. Quand'è che si smette? La madre lo chiamava ancora Michelino quando la andava a trovare a Quarto Oggiaro, e mancava solo che gli raccomandasse di mettersi la maglia della salute, che a Milano è umido anche nella bella stagione.

Quindi, per trattarla da pari, ordinò un po' di inferno speziato per due, augurandosi muto che Dio si mostrasse compassionevole e gliela mandasse buona. Erano almeno due anni che non ingeriva quella roba, da prima che ci fosse quell'inseguimento folle per l'Italia di Haile *l'implacabile*. Per tutto il tempo che gli era stato dietro aveva coltivato il recondito desiderio di gustarsi un po' di cucina eritrea appena tutto fosse finito, per festeggiare la cattura. Poi andò come andò, in vacca, e gli passò la voglia. Era ora di rifarsi.

2

Come era bello questo cicaleggio senza meta, questo perdersi nella chiacchiera, come era felice Ferraro di riuscire ancora a ridere con la figlia, timoroso che da un momento all'altro iniziasse a chiudersi, a deprimersi, a guardarlo torvo, come è di *default* a quell'età, dove il tuo corpo continua a tradirti e la testa sembra accatastare teorie confuse, slanci ideali, amori eterni, odi assoluti. E incomprensioni verso *i grandi*, il mondo prima che noi esistessimo, i vecchi, vivi per miracolo, residui del secolo scorso. Ferraro – questa era la sua autentica maledizione – se lo ricordava cos'era essere adolescenti, e non invidiava affatto la figlia. Ma forse per le ragazze è diverso, si diceva. Forse crescono prima, noi eravamo così idioti, dediti ad un onanismo vizioso e malato, alla disperata ricerca del branco, chiunque lo guidasse.

Arrivarono i *sambusa*, come antipasto, e neppure avesse puntato la sveglia gli suonò il cellulare. Francesca.

«Mic?»

«Dimmi.»

«Tutto bene?»

«Non dovrebbe?»

«Che c'è?» Si fece apprensiva. «Ti sento distante.»

«Sarà il telefono. Se tu fossi qui mi sentiresti vicino.» Sbruffone.

«Michele!» Maestrina.

«Ok, ok... è che stavo iniziando a cenare con Giulia.»

«Oh, scusa... ma... a quest'ora?»

«Eddài, mica inizia la scuola domani mattina.»

«No, però deve finire i compiti estivi, ché tanto lo so che con te...»

«Mi hai telefonato per insultarmi?»

Ma lo disse con il sorriso sulle labbra. Dai e dai, si punzecchiavano da quasi un decennio, senza mai smettere di inseguirsi. Si accordarono sulla consegna della figlia, evitando però quel tono da portalettere che discetta di pacchi postali e si salutarono cordiali. Un po' come la Francia con la Germania, il tempo della guerra era finito da anni.

Addentò anche lui il suo *sambusa*, ancora rovente. La figlia lo guardava sorniona. Al terzo morso finalmente se ne accorse.

«Che c'è?»

Giulia stirò ancora di più il sorriso. «No, è che... insomma, siete strani.»

«Chi?»

«Tu e la mamma...»

«Strani?»

«Nella mia classe... sai quanti ce n'è di compagni coi genitori separati?»

Era una cosa così esotica quand'era bambino. Una vergogna da nascondere, una cosa da dire sottovoce, al passaggio dello sventurato, scuotendo il capo mesti; e ora sembrava quasi la normalità. Alla faccia della famiglia naturale che di naturale forse non aveva mai avuto nulla. Della granitica triade fascistissima – Dio, Patria, Famiglia –, emblemi dell'ordine immutabile delle cose, nel volgere di una generazione nulla sembrava uguale a se stesso: Dio era morto, la famiglia aveva cambiato configurazione e la patria sembrava frantumarsi sotto i colpi, non dei localismi folkloristici, ma delle potenze sovranazionali. L'economia, ancora una volta, ridefiniva il campo dell'immaginario. La crisi, pensava Ferraro, in un lampo, fra un morso e un altro, ci cambierà ancora. I nostri genitori potevano permettersi una coerenza in vita a noi inattuabile. Generazione anfibia, la sua, mutaforme. Forse, chissà, la figlia avrebbe avuto più chance. Non aveva nulla da perdere, in fondo. Avevano già sperperato tutto, sogni compresi, quelli venuti prima.

«Embe'?»

«La maggior parte non fa che litigare. Si sopportano a malapena.»

«Ne conosco molti che lo fanno anche da sposati.»

«Voi no, però. Cioè... non capisco... insomma, perché voi due vi siete...»

Ferraro sorrise, con dolcezza. Come fai a spiegarglielo? Come fai a dirle che dopo tutti questi anni, ora che Francesca aveva una sua vita sentimentale, una sua carriera, non avrebbe più alcun senso chiederselo? Come fai a spiegarle che sì, è stata lei a lasciarlo, ma che la colpa, a conti fatti, non era di Francesca, ma sua. O che forse non ha neppure importanza sapere di chi fosse. Forse poteva parlarle di Barbara Meazza. Sì. Perché quella donna l'aveva colpito nel profondo. Non tanto per la sua cecità, aveva ragione Tolusso: era davvero la più lungimirante dei due! È che in lei aveva riconosciuto un gesto che conosceva assai bene. Ci si separa quando finisce un amore, avrebbe voluto dire alla figlia. Ma non è sempre così. Ci si lascia, proprio come ha fatto Barbara, per dare un senso alle cose, una possibilità ad un talento. Per permettere ad un padre di comprendere il suo ruolo e di metterlo in pratica, proprio come aveva fatto Francesca con lui. Il suo era stato in fondo un sacrificio estremo. Ci si lascia anche per amore, insomma. Come poteva dirglielo?

Fortunatamente squillò di nuovo il cellulare. Salvato dal gong.

3

Lesse il nome sul display. «Non è possibile!» mugugnò. Avviò la comunicazione. «E allora? Sei ancora tu?»

«Ma non dovevamo vederci più?» canzonò Tartaglia.

«Cos'è, ti manco?»

«Non preoccuparti, me ne sono fatto una ragione della tua dipartita.»

Ferraro d'istinto mise la mano libera a coppa sui genitali.

«Che vuoi ancora, oltre a rompermi l'anima?»

Nel frattempo arrivò il vassoio colmo di ogni bendiddio. Giulia fece spazio al centro del tavolo e si sfregò le mani, con quel fare ancora da bambina che Ferraro le riconosceva contro la stessa volontà filiale.

«Hai tempo?»

«No, sto mangiando. Cioè, dovrei iniziare a mangiare, se tu me lo permetti...»

«A quest'ora? Ti sono rimaste le abitudini capitoline?»

«Ok, chiudo, vuoi solo rompermi l'anima.»

Strappò un bordo di 'njera e lo intinse nel sugo. Giulia fece altrettanto.

«No, aspetta. Volevo parlarti di Tolusso.» Ferraro nel mentre tossì. «Esagerato, che brutto effetto ti fa quel nome.»

In realtà il cibo gli era semplicemente andato di traverso. Troppo piccante. Guardò la figlia apprensivo, ma lei mangiava felice e beata, con la tipica voracità dell'adolescenza che brucia tutto quello che ingurgita.

«Tartaglia, datti una mossa. Oggi col funerale per me il caso è chiuso. Anzi, non c'è mai stato un caso.»

Si preparò un altro boccone.

«Ti avevo raccontato della denuncia a piede libero, no? Be', ce n'è un'altra.»

«Di denuncia?»

«No, niente denuncia. Però quel Tolusso aveva pensato proprio a tutto. Sarà stato alla canna del gas, ma le cose le vedeva chiare.»

«Che minchia stai dicendo?»

Giulia lo guardava con rimprovero, proprio come faceva la moglie dieci anni prima: o stai a cena con me o stai al telefono per lavoro, gli diceva, deciditi! Non si impara mai nulla dai propri errori.

«Oggi ho incontrato un impiegato della banca di Tolusso. Mi ha telefonato stamattina, ero appena arrivato in ufficio e...»

«Tartaglia, falla corta, sto mangiando e mi si fredda.»

«Insomma, si è informato sul suicidio di Tolusso, i particolari, le ipotesi eccetera.»

«E che gliene fregava a lui?»

Ora il rimprovero di Giulia si fece palese: «Papà!» brontolò, plateale. «Guarda che mi mangio tutto io!»

Il padre le fece un gesto per dire che stava per chiudere.

«E qui sta il bello» proseguì Tartaglia. «Tolusso aveva stipulato una polizza vita.»

«Credo sia obbligatoria quando accendi un mutuo.» Niente da fare, la natura sbirresca l'aveva vinta ancora.

«Ma questa era una polizza particolare. Più onerosa, ma con una clausola non frequente.»

«L'invasione delle cavallette? Lo sbarco dei marziani? Ti vuoi muovere?» Ma lo chiedeva più per curiosità che per troncare la comunicazione.

«In caso di morte, che fosse per malattia, accidentale e... fai attenzione, anche in caso di suicidio... la banca estingueva il mutuo della casa.»

«Ma che cazzo dici? Mi sembra assurdo.»

«Non era scritto in modo palese nel contratto. Era nonscritto.»

«Mi fai venire il mal di testa.»

«In pratica: la polizza estingueva il mutuo in caso di morte del contraente, ma non era segnato da nessuna parte che il suicidio era escluso come circostanza. L'invasione dei marziani sì, il suicidio no!»

Giulia neppure più guardava il padre. Mangiava con la stessa voracità che aveva Ferraro quando andava a cena con gli amici, cercando di vincere in fretta la sfida con le papille gustative. Peccato che Ferraro si stesse perdendo lo spettacolo.

«Cioè vuoi dirmi che in un certo senso Tolusso ha fregato la banca? Sarebbe il primo caso al mondo. Questo lo fa diventare, seduta stante, il mio eroe!»

«Probabilmente a quello che ha stipulato la polizza l'avranno appeso per le orecchie al muro d'ingresso della filiale, a monito per i colleghi...»

Ferraro cambiò d'improvviso espressione: «Scusa ma... chi è il beneficiario?»

«Non aveva parenti, non aveva nessuno.»

«Aveva una moglie, però.»

«Esatto.»

Aveva pensato a tutto, Tolusso. Vivere una vita di frustrazioni e di debiti o morire per regalare una vita dignitosa all'unica persona al mondo che aveva creduto in te? Non era anche questo un modo estremo di lasciarsi, per amore?

4

«Non ce la faccio» disse all'improvviso Giulia appoggiandosi allo schienale della sedia.

In effetti le porzioni erano esagerate e, per quanto golosa, a tre quarti della sua parte di vassoio si sentiva come se avesse mangiato una mandria di bufali. Guardò il padre, affaticata: «Però se vuoi, finisci tu».

Ferraro, da quando aveva chiuso la comunicazione con Tartaglia, si era rituffato sul piatto cercando di recuperare il ritardo sulla figlia, come un atleta che, partito con un handicap, cerca di raggiungere spasmodicamente il primo della gara.

«Sicura?» chiese lui, dandosi un contegno.

«Sì, basta...» Bevve dell'acqua.

«Troppo piccante?»

«Non è quello, è che poi ingrasso...»

Questo l'ha preso dalla madre.

«Ma finiscila, sei un fiore...» Parlava e mangiava, gargantuesco.

«Ormai s'è freddato, non lo digerisco.»

Traducendo: e s'è freddato perché ti ho aspettato mentre tu te ne stavi al telefono col tuo amico!

Quattordici anni e sapeva già come farti sentire in colpa.

«Vuoi un dolce?»

«No, davvero... basta così...»

Ferraro continuava a mangiare, senza sosta.

Lei cambiò espressione: «Cosa ti ha detto il tuo collega?»

«Lascia perdere, parliamo di cose più belle.»

«C'entra Barbara?»

Ferraro alzò gli occhi. Ok, basta mangiare.

«Non ti devi preoccupare per lei, Tolusso le ha lasciato una bella eredità.»

«Ha perso il marito, però. Non so se ci ha guadagnato nel cambio.»

«Dovrei lavarmi le mani» disse fra sé Ferraro, come a cercare di cambiare argomento.

Giulia si fece pensosa: «Sai una cosa?»

«Dimmi» mentre si passava il tovagliolo sulle dita.

«Ti ricordi il commercialista, quel tipo che abbiamo sentito su skype?»

«Giulia, ma non possiamo parlare d'altro?»

Quanta ipocrisia: te ne stai un quarto d'ora al telefono a parlare di lavoro davanti a tua figlia e poi fai il sostenuto e le dici che non ne vuoi proprio parlare!

Me lei sembrava non averlo ascoltato: «Non mi piaceva quell'uomo, aveva una voce...»

«Sì, è vero... molto freddo, assente.»

«E poi, non so... le cose che diceva... erano... erano finte!»

«Frasi ad effetto. D'occasione.»

«Ti ho detto cosa sto leggendo?»

«Che c'entra?»

«È che vorrei farti vedere una cosa... cioè... magari è un caso, però...»

«Facciamo così: ci laviamo le mani, paghiamo, andiamo a casa e mi spieghi per bene cosa ti frulla per la testa, d'accordo?»

LA MASCHERA

1

Nell'arena di El Alto le *cholitas* eseguivano circonvoluzioni complesse ed eleganti *pas de deux* con plastica perizia non ostante le ingombranti gonne a più balze che avrebbero impedito a chiunque ogni movimento che non fosse quello del semplice deambulare. Erano l'attrazione del pomeriggio, due donne tozze e con il naso aquilino, dai nomi melodrammatici – Jennifer *Dos Caras*, Remedios *la Misteriosa* –, che si accapigliavano veementi sul ring dopo essersi accusate vicendevolmente di inettitudine e vigliaccheria di fronte al pubblico adorante. Prima di loro c'era stato *El Sergente Yanqui* che se le dava di santa ragione con il *Ninja Boliviano*. Il primo un vero bastardo imperialista pronto ad ogni bassezza pur di battere l'avversario, il secondo un giappo-boliviano mascherato, ratto e nervoso, ma fin troppo di cuore e attento alle regole del gioco. Va da sé che col milite nordamericano avrebbe subìto colpi sotto la cintola per almeno un paio di round, prima di reagire, proprio al limite della sopportazione fisica, e atterrare lo *yankee* con una morsa delle gambe che spezzerebbe le ossa anche ai più tosti. Per quanto, a ben vedere, nessuno si faceva mai male per davvero. Ma il pubblico non badava a queste adesioni alla fede realista: piuttosto urlava inferocito contro il *maricón yanqui* e non mancava di lanciare bottiglie e ciarpame vario sul quadrato per amplificare il suo diniego nei confronti della superpotenza che da troppi anni usa la terra dei suoi padri come il giardino di casa.

In Italia non aveva mai amato il *wrestling*, talmente posticcio da suonare stonato persino in televisione, il paradiso della falsità, ma la *lucha libre* sembrava qualcosa di diverso: un rito apotropaico, una sfilata di maschere carnacialesche, un catartico mondo al contrario dove artisti circensi si trasformavano in sacerdoti popolari di culti precolombiani. O forse era solo l'esotismo d'accatto ad affascinarlo. Di certo, dopo i primi poco esaltanti combattimenti del pomeriggio, guardati quasi con sufficienza, s'accorse di appassionarsi sempre più a questi atleti naïf, dai polmoni spaventosamente sviluppati. Anche solo salire una rampa di scale, lì ad oltre quattromila metri d'altitudine era un'impresa titanica, fingere tali pestaggi fatti di evoluzioni spettacolari aveva un che di mistico, da santo anacoreta, capace di ogni possibile sacrificio della carne nel nome della purezza dello spirito.

L'irruzione delle due donne, che tutta l'orda aspettava fremente – uomini dalla barba sfatta e l'occhio etilico, vecchie con la classica bombetta di feltro su una testa dalle trecce favolistiche, bambini cenciosi che esibivano infinite tipologie di moccoli al naso –, fu accolta con un tale boato liberatorio che fece tremare le impalcature provvisorie e instabili degli spalti. E lui urlò con l'orda, senza più alcuna remora. Così come la fede esige che l'ostia benedetta sia per davvero, transustanziato, il corpo di Cristo, altrettanto qui l'odio, l'urlo e il furore che scatenava il pestaggio delle due arpie erano veri e liberatori, in barba ad ogni residuo di raziocinio occidentale e decadente.

Fu per questo che quasi s'infastidì quando un uomo, facendosi largo nella folla, gli si avvicinò all'orecchio.

«¿Discúlpeme, usted es el doctor Viccoli? Marco Viccoli?»

Così, con due «c». Misterioso come le doppie siano malamente posizionate nei paesi di lingua ispanica, le tolgono dove servono, le mettono dove non sono previste. Ma a lui interessava poco la precisione filologica sui cognomi nazionali e sul suo in particolare. Era lì, doveva ricordarselo, non per disquisizioni linguistiche o per godersi lo spettacolo di due donne che se le danno di santa ragione, ma per un appuntamento al buio con un uomo che gli avrebbe cambiato l'identità. Che in una qualche maniera già iniziassero a chiamarlo in modo differente era, a suo vedere, un chiaro segno del destino da auspicare come propizio.

2

L'asfalto lo si trovava solo sulle *avenidas* che portavano all'aeroporto, o sulla *ruta nacional*, il resto della rete viaria era fatto di breccia, terra battuta, buche, lacerti di bitume. D'altronde la città dell'altopiano era un'immensa colata abusiva di mattoni e lamiere sorta attorno allo scalo nazionale e cresciuta a dismisura, senza logica, dove vivevano i più poveri della metropoli andina, che senso aveva asfaltare? *El doctor Viccoli* osservava l'intercedere placido delle donne per le strade o lo sgambettare sbilenco dei cani randagi alla ricerca di cibo, da dietro i vetri del fuoristrada dell'uomo che lo stava accompagnando verso la sua nuova vita.

Fu più semplice di quanto immaginasse. Quando ci sono i soldi puoi fare tutto quello che vuoi, pensava.

Giù, quattrocento metri di altitudine più in basso, nel centro borghese di La Paz, riuscì grazie alle giuste intermediazioni a spostare il denaro dai suoi conti *in chiaro* verso altri conti cifrati di banche compiacenti: il gioco di scatole cinesi era abbastanza ingarbugliato da rendere praticamente impossibile risalire al legittimo titolare. Gli costò un po', ma ne valeva la pena. D'altro canto doveva fare in fretta, non c'era tempo per le contrattazioni. Cosa avessero capito in Italia per davvero non era chiaro neppure a lui. Aveva in teoria solo due settimane di autonomia prima che il sospetto che la sua non fosse l'ennesima vacanza esotica di un commercialista meneghino, ma qualcosa di più torbido, potesse mettere in moto la ricerca. I primi otto giorni erano già passati. La telefonata di quel poliziotto da Milano gli aveva fatto sobbalzare il cuore. I legami professionali, la segretaria, i clienti, i creditori, la guardia di finanza, i carabinieri, la moglie: chiunque poteva cercarlo da un momento all'altro, chiunque poteva apparirgli di fronte, mandando in frantumi i suoi piani. Doveva sparire prima, non aspettare oltre, evitare l'eventualità di essere scovato da chicchessia.

Messo al sicuro il denaro, perciò, c'era da trovare un nuovo passaporto, il suo bruciava troppo. Ma anche a questo aveva provveduto con insperata celerità. Chissà se era solo fortuna, o se tutto questo cambiare pelle è molto meno raro di quanto si immagini. Se, cioè, in ogni città del mondo, semplicemente volendolo, con un po' di buon senso e buona volontà, qualcuno che ti rimetta a nuovo lo trovi di certo, come si trova un dentista anche a ferragosto. Basta pagare. Tanto.

Parcheggiarono. Il rombo di un aviogetto sopra la sua testa gli fece alzare lo sguardo. Niente aerei, pensò. Devo evitare le dogane internazionali, meglio passare la frontiera via terra, in qualche dazio secondario, è più facile trovare doganieri compiacenti.

Un randagio snasava nella spazzatura, proprio all'ingresso di una stamberga mal messa. L'autista boliviano gli diede un calcione, senza cattiveria, come se prendere e dare calci nel culo fosse una condizione ontologica dell'esistenza. Un giorno a me, un giorno a te. Il cane s'allontanò quasi senza protestare, coda fra le gambe e qualcosa di putrido in bocca. Entrarono.

Un uomo dal ventre possente venne ad accoglierli, cordialissimo.

«Tome un asiento, señor» gli disse, allungandogli una sedia impagliata. «¿Quieres un cafetiño, una inca kola?»

Di caffè neppure a parlarne. Se c'era una cosa che già gli mancava era l'espresso del bar sotto casa, forse l'unica cosa che col denaro ancora non riusciva a comprare fuori dall'Italia. Ma si stava abituando all'idea di rinunciarci definitivamente. Accettò perciò la bibita gasata, non ostante la trovasse nauseante: troppo zuccherina, sembrava di bere chewing gum liquido. Sorseggiò direttamente dalla bottiglietta, sorridente, e attese mansueto di disbrigare le cordiali formalità dell'accoglienza. Aveva capito da subito che, in questa parte del mondo, per fare in fretta occorreva perdere tempo.

3

Il volo da La Paz a Santa Cruz de la Sierra durò poco più di un'ora, il cibo a bordo era più che passabile. Appena sceso, si sentì leggero. Tutta un'altra sensazione da quella del suo arrivo a El Alto, nove giorni prima. L'aeroporto era ad una quota tale che non gli era sembrato neppure planasse. Praticamente aveva parcheggiato. Mentre alla dogana internazionale gli chiedevano i documenti, aveva sentito un peso opprimergli sempre di più la testa. Se provava a fare di slancio una rampa, giunto a metà il cuore pompava come un disperato, sembrava quello di un ottuagenario. Arrivato in albergo, gli avevano pure dato un *mate* di foglie di coca, serviva ad abbassare la pressione del sangue, ma per tutto il tempo che rimase in città non riuscì mai a dormire in modo adeguato.

Invece ora che si trovava praticamente alle porte dell'Amazzonia, saliva e scendeva le scale dell'aeroporto così, per il puro sfizio di sentirsi vivo e in salute, con il cuore ancora giovane. Marco Vicoli era definitivamente morto poche ore prima, a La Paz. Ora si chiamava Tobías Klein, argentino con genitori oriundi dall'Europa. Guardava il passaporto ammirato: la foto era venuta bene, più simile a quello che era oggi, con quei baffoni a manubrio così caratteristici, rispetto a quella del vecchio documento. Roba di una vita fa, di un altro uomo.

Adesso c'era da organizzare il viaggio verso il confine. Quasi seicento chilometri di buche e preghiere al santissimo. Sarebbe stato meglio noleggiare un fuoristrada, magari con l'autista, non era un problema di soldi, il cambio col *boliviano* era ridicolo, ma preferiva lasciare meno tracce possibili dietro di sé. Optò per un delirante pullman, dove condivise la transumanza con famiglie di indios, valigie, galline e sacchi di mais. A San José de Chiquitos scese dal mezzo e si lasciò alle spalle la Carretera bioceanica. Il tempo di mangiare qualcosa ad un baracchino per strada e trovò posto in una corriera se possibile ancora più sgarrupata di quella precedente. Direzione Nord. A San Rafael pure il suo giovane cuore e il suo deretano statuario iniziarono a sentirsi afflitti. Inutile cercare di proseguire, troppo stanco, e poi sarebbe arrivato al confine di notte, troppo pericoloso. Cercò una stanza, trovò una bicocca con un materasso pulcioso. Fu quella la prima e l'ultima notte in Bolivia di Tobías Klein.

Prima di addormentarsi gli tornò come una visione un'altra notte, in Italia. Una, due vite fa. Inimmaginabile, solo a pensarci. Quella notte in cui Marco Vicoli e Giovanni Tolusso si incontrarono per l'ultima volta.

LA BACINELLA

1

Marco ci mise molto tempo prima di aprire la porta, anche troppo, altri avrebbero desistito. Ma Giovanni aveva visto dalla strada le luci dello studio accese e quindi sapeva perfettamente che l'avrebbe trovato. D'altronde conosceva alla perfezione le sue abitudini, quante volte era andato a trovarlo fuori dall'orario d'ufficio, quando non c'era nessuno, quasi a cercare un momento più personale: due vecchi amici che parlano di tutto, prima che di fatture, ricevute fiscali, spese e contratti.

Da quando era uscito dallo studio di Carnevale, Giovanni girava da ore senza meta per la città, in macchina, sempre più depresso, abulico. Si ritrovò quasi senza sapere come in via Castel Morrone, sotto la casa di Barbara. Fermo, nell'abitacolo, con lo sguardo che frugava i piani, cercando il profilo della donna in controluce. Forse dovrei andare da lei, si diceva, parlarle, forse lei potrebbe aiutarmi. Ma non si muoveva dal suo posto, mani incollate al volante. E più ci pensava, più stringeva, quasi fosse il timone di una nave in balia della burrasca. Imbrunì senza che riuscisse a muovere un muscolo. Che ci vado a fare, che le dico? Perché darle questa pena?

La sensazione di impotenza prevaricava ogni pensiero razionale. Si sentiva solo, nel cuore della città, l'ultimo raggio di sole l'aveva trafitto da tempo. Era subito giunta sera, restava soltanto la notte, tutto ormai era finito, per sempre. Forse è la soluzione. Non andare da Barbara, non darle questo tormento. Forse per lui non c'era più speranza, ma per salvare lei, almeno lei, bisognava sparire, morire, dormire, in questa lunga notte, sognare, forse.

Accese il motore, d'impeto. Se tutto si deve compiere che si faccia per bene! Un'intera giornata a girarci attorno, ma sapeva con precisione quale fosse la meta, da chi andare, con chi prendersela. Lasciò la macchina proprio di fronte al portone dell'ufficio. Tutto attorno sembrava non abitasse nessuno, una città vuota, spettrale. Cercò sul citofono, ma s'accorse che il portone era socchiuso, si catapultò in ascensore, per la prima volta lucido. Folle, ma lucido.

2

Il volto di Marco era una maschera di sudore.

«Che ci fai qui?» gli chiese, sinceramente stupito. Poi si mosse verso la scrivania, dandogli le spalle.

Ci pensò Giovanni a chiudere la porta. Marco continuava a parlare senza degnarlo di uno sguardo: «Non dovresti stare a Roma? Mica ti avevano detto che non potevi muoverti?» Si sedette. Sulla scrivania c'erano un asciugamano e una bacinella colma d'acqua fumante. «Che situazione del cazzo, vero?» continuò Marco, indicando l'armamentario che gli ingombrava il piano. «Domani parto per le vacanze e c'ho un raffreddore manco fosse autunno.» Si pose l'asciugamano sulle spalle. «Scusa, eh?» disse, poi si piegò sulla bacinella, coprendosi col canovaccio, per evitare di disperdere il vapore. «Ho l'aereo da Fiumicino, renditi conto.» La sua voce sembrava rimbombasse dal buio di una grotta. «Questa menata dell'hub... ormai Malpensa sta diventando uno scalo da sfigati, appena vuoi andare in un posto strano ti tocca passare per Roma.»

Da quando era entrato, Giovanni non aveva ancora detto una parola. Come al solito, d'altronde. I loro non erano mai stati veri e propri dialoghi, ma continui monologhi di Marco, sempre pronto a raccontare le sue sfighe all'amico, le sue disgrazie, i suoi progetti. Ogni tanto chiedeva a Giovanni se aveva novità, ma il suo grado d'attenzione scemava in fretta, si inseriva nel discorso per dire la sua, per riprendere in mano la discussione. Usava Giovanni come sfogatoio, quasi fosse il suo personale psicologo a domicilio.

«Parti?» riuscì a chiedere Giovanni e si sentì vagamente idiota. Era come se tutta la rabbia repressa si fosse ammutolita di fronte a cotanta logorrea.

Marco alzò l'asciugamano come una tendina e lo guardò ironico.

«È una cosa che normalmente si fa, in agosto, no?» Si ripiombò nel suo antro fumoso. «Se fosse per quella stronza di mia moglie dovrei darle pure il sangue, ma si fotta. Un anno a tirare la lima e ora voglio divertirmi pure io.» Esplose in uno starnuto fragoroso. Poi scatarrò nella bacinella.

Giovanni si guardava attorno: la valigia pronta all'ingresso, le chiavi nella toppa, gli occhiali appoggiati vicino al computer acceso sulle previsioni del tempo. E il pacco di sale grosso sulla scrivania. Metodi antichi, gli stessi che usava la madre quand'era bambino per fargli espettorare il muco. Erano figli entrambi di un mondo che non esisteva più.

«E dove vai?»

«Bolivia.»

«Bolivia?»

Marco iniziò a canticchiare, stonando: «Ah, Sudamerica, Sudamerica...» Un altro starnuto. Un altro scaracchio. «Vaffanculo» disse fra sé. Poi riapparve alla luce, sorridente. «Se lo sa Allegra che parto mi fa appendere per le palle dal suo avvocato.»

«Non puoi?»

«C'è il processo di mezzo. Ma ti rendi conto? Un processo. Mi sono fatto succhiare la minchia dalla mia segretaria, e allora? Chi è che non lo fa? Basta questo per farmi fuori così?»

Giovanni lo guardava, come un entomologo uno scarafaggio. Faceva tanto lo splendido, ma il suo aspetto era terrificante. Non solo per il raffreddore. Era smagrito ulteriormente, i vestiti gli ballavano addosso, i capelli quasi bianchi, le occhiaie profonde. Pure la voce sembrava più nervosa, a scatti, come l'umore. Continuava a toccarsi il naso, poteva essere il raffreddore, certo, ma sembrava più qualcos'altro.

«Allegra» continuava l'altro, parlando a se stesso da sotto l'asciugamano. «Che nome del cazzo, dovevo capirlo subito con chi mi stavo mettendo. Tutte 'ste borghesuccie milanesi, coi loro bei nomi da frigide: Allegra, Beatrice, Diletta, Rebecca. Mai un nome normale, nessuna che si chiama Maria o Teresa.»

«Ti fai di coca» disse Giovanni, illuminato, neppure lo chiese.

Marco alzò il capo, lentamente. Gli occhi erano due baratri.

3

«Che cazzo vuoi» sibilò Marco, «si può sapere? Perché sei venuto qui?»

Eccola la resa dei conti.

«Voglio i miei soldi.»

Marco esplose in una risata fragorosa e forzata. Subito dopo tossì vistosamente. «Oddio, mi fai morire!» Scosse il capo, come si fa con i bambini capricciosi, e riprese di nuovo ad inalare vapore salato, indifferente.

«Voglio i miei soldi» ripeté, apatico, Giovanni.

«Ma finiscila» lo apostrofò dal buio dell'asciugamano l'altro. «Ti ho detto che la pratica in Agenzia è inoltrata, ma ad agosto non c'è nessuno, ho un appuntamento quando torno.»

«Oggi ho parlato con un altro commercialista, gli ho fatto vedere tutti i documenti.» Parlava lento, monotono.

«Cazzo, che bella botta di fiducia... grazie!» E giù uno starnuto. «E che ti ha detto? Che devi pagare?»

«In fondo dovevo capirlo. Sono io l'illuso. Ho sempre pensato che fosse colpa di tua moglie, ma invece eri tu.»

Il volto di Marco fece capolino dall'antro umido. «Che minchia c'entra?» Più che spiritato sembrava stupido.

«Se hai tradito tua moglie, puoi tradire chiunque!»

«Sentimi un po', pezzo di merda.» Aveva gli occhi

iniettati di sangue. «Non metterti a fare il santone con me, va bene?»

«Traditore.»

«Lascia perdere quella troia, sono cazzi miei quello che faccio con Allegra.»

«Traditore.»

Ed era questo che gli bruciava di più. La certezza di avere riposto la sua fiducia in una persona che se ne era approfittata senza ritegno, la perdita della purezza adolescenziale, dell'idea che l'amicizia fosse oltre il bieco interesse, oltre la prosa di una vita noiosa. Il tradimento della poesia.

Marco lo guardò per un istante più lungo del solito, sembrava cercasse di capire cosa ci fosse dietro quella faccia sbattuto, quello sguardo assente. Troppo complicato, desistette.

«Ma vaffanculo» disse e ricoprì di nuovo la testa con l'asciugamano. Poi, come se i suffumigi gli liberassero la mente dal muco incrostato nel cervello, riprese a parlare, due dita dal pelo dell'acqua. «Tu sei malato, ragazzo, fatti curare. Fino adesso ho sopportato che non mi hai saldato le fatture proforma, ma sono ormai due trimestri, ti conviene fare il tuo dovere o ti denuncio.»

«Tu denunci me?» Giovanni sorrise impercettibilmente. «Ecco, sì, bravo, chiama i carabinieri. Dai, forza.» Prese in mano la cornetta del fisso. Sentito il trambusto, Marco alzò il capo.

«La vuoi finire?»

«Chiamali! Così gli raccontiamo di tutti i soldi che ti ho portato in questi anni, *cash*, e che ti sei pippato in cocaina, al posto di fare il tuo dovere!» Allungava minaccioso la cornetta verso Marco. «Chiamali, forza! Cosa aspetti?»

Col corpo ancora piegato sulla bacinella, ma la testa alzata su Giovanni, Marco pareva un serpente che immobile cercava di mimetizzarsi. Addentarlo al collo o fuggire? Poi decise che lo sprezzo era l'unica arma da utilizzare. La sua superiorità, la sua indifferenza.

«Te l'ho già detto, te lo ripeto: sei malato, fatti curare.» Rimise la testa sotto l'asciugamano e da quella posizione allungò un indice verso la porta. «E ora vedi di andare vaffanculo, io domani parto, ci rivediamo a settembre, quando ti sarai calmato.»

Giovanni si alzò, umiliato. «Traditore» sibilò.

«Sì, sì, va bene, vaffanculo» sempre dal suo covo umido. «Ma tu guarda 'sto sbarellato.» Parlava a se stesso, sapendo d'essere ascoltato, teatrale. «Lo sopporto da anni, gli faccio da badante, appena gli arriva una lettera dal ministero si piscia sotto come un bambino... ma vedi di crescere... neppure quella sguercia di sua moglie se l'è tenuto, ha preferito mandarlo a Roma, così ora si farà sbattere da qualche negro, non da un impotente come lui.»

Fu come una scossa elettrica. Fu come se una corda fosse stata caricata, lentamente, da minuti, ore, giorni, mesi. Con calma, a scatti, con fatica. Caricata fino allo spasimo. La corda folle che ognuno di noi ha, che tiene scarica nel nome della corda razionale, civile. Fu come lasciare la chiave della molla, farla girare senza freni.

Giovanni precipitò col corpo sulla testa di Marco spingendogliela nel mare domestico e fumoso. Salì con le ginocchia sulla scrivania, spingendo la nuca con le mani giunte, senza mai mollare la presa. Faceva tutto con metodo, calmo e rabbioso. Dalla bacinella gorgheggiavano urla e spasimi. Con le braccia, dalla sua posizione innaturale, Marco cercava di divincolarsi, di colpire alla cieca chi gli stava sopra. Ma Giovanni premeva senza requie. Marco insisteva, picchiava sulla scrivania, scomposto, provava a spostare il corpo, a trascinare la bacinella per farla cadere. Niente da fare, Giovanni sembrava posseduto da una forza disumana, atavica, brutale.

Durò tantissimo.

Poi, come un giocattolo dalle pile scariche, le reazioni di Marco si affievolirono sempre più.

Rimasero così, scultorei, Marco immerso nell'acqua fumante, Giovanni in ginocchio sulla scrivania, con le mani che premevano il capo ciondolante. Immobili, per almeno altri dieci minuti. Non si sentiva nulla, tranne il ticchettio di un orologio, da qualche parte. Il silenzio non esiste, pensò Giovanni.

Quando gli squillò il cellulare il suo cuore perse due colpi. Solo in quel momento si rese davvero conto di cosa fosse accaduto. Il telefono squillava e lui si guardava le mani. Al quarto squillo rispose.

«Sì?»

«Signor Tolusso? È lei? Sono il ragionier Pazzaglia, l'amministratore del condominio.»

Giovanni lasciò andare la colonna vertebrale, affaticato, s'ingobbì, sedendosi sui talloni. Cosa vuole questo?

«Che succede?»

«Mi scusi l'ora, ma sa... lei non era in casa...»

Tutto questo è assurdo, pensò Giovanni.

«Mi dica.»

«Niente... è che... il sifone del suo lavandino, in bagno... ha avuto un cedimento. I suoi vicini hanno chiamato i pompieri che hanno sfondato la porta, c'era acqua dappertutto. L'appartamento sotto al suo ha infiltrazioni ovunque. Ora... io non so se lei ha un'assicurazione privata, ma questo non compete al condominio, mi capisce? I danni sono ingenti e mi sembra giusto che lei... ma... signor Tolusso... geometra... mi sta ascoltando?»

No. Non lo stava più ascoltando. Rideva, rideva come un folle.

Dissennato.

Libero.

4

Perse una buona mezz'ora a cancellare le sue impronte nell'ufficio. Ne aveva scritte di storiacce così, sapeva quello che si deve fare in questi casi. Marco continuava a fare il morto, faccia in ammollo.

Giovanni si muoveva nella stanza con raziocinio, fazzoletto alla mano. Un problema per volta, continuava a dirsi. Ad ogni passo si aggiungeva un pensiero, una mossa da fare sulla scacchiera. A poterlo vedere, neppure sembrava stesse improvvisando. Era come se il piano gli si formasse in testa, pezzo dopo pezzo, mentre lo eseguiva. Non mi ha visto nessuno, non potrebbero risalire mai a me. No, troppo facile. Di certo mi interrogherebbero. E poi ci sono testimoni che io ero a Milano. Anche la telefonata dell'amministratore, basta risalire alla cellula, no, non va bene.

Si mise dietro la scrivania, guardò per un paio di secondi il cadavere. Sta partendo, sicuramente la segretaria lo sa. Se occulto il cadavere per un po' non lo cercano. Guardò il sale grosso. Annegato. Certo. Cercò in giro, tirò fuori dallo sgabuzzino due grossi sacchi neri della spazzatura. Lo butto in mare, in Liguria, meno di due ore e sono lì. Se ne era andato a fare un bagno e gli è venuto un infarto.

Svuotò la bacinella, asciugò in giro, si mise gli occhiali da vista vicino al computer in tasca. Bardare il cadavere fu faticoso, la morte pesa. Devo prendere anche la valigia, i biglietti, domani nessuno deve sospettare, deve essere tutto in ordine. Guardò nel trolley: vestiti, tablet, rasoio, sigarette. Niente biglietti. Tornò alla scrivania e aprì il cassetto.

La busta dell'agenzia viaggi. E l'agenda. Il cervello macinava ragionamenti, ipotesi, intuizioni. Guardò verso il computer acceso. Certo, ovvio. Aprì l'agenda: l'indirizzo dell'albergo di La Paz, alcuni nomi ispanici, tedeschi, italiani, sigle, denominazioni societarie, date cerchiate di rosso. E, sull'ultima pagina, alcuni post-it con cifre.

Le password, pensò. Le avrà cambiate da poco, se l'è segnate, come al solito. Si mosse verso il mazzo di chiavi, voluminoso, come quello di san Pietro. Fra le altre cose il congegno elettronico che genera codici d'ingresso per il conto corrente. Lo stesso che ha lui. La stessa banca, quella consigliata da Marco. Tornò al computer, con un'idea sempre più densa in testa: allargò il fazzoletto sulla tastiera e iniziò a digitare. Tempo un minuto ed era dentro il conto: soldi. Non troppi ma abbastanza. Potrei fare un trasferimento sul mio conto, pagherei tutto. No, no, è da idioti, è la prima cosa che controllano, che cos'ho nella testa?

C'erano altri codici sugli appunti del morto. Cos'erano? Riprese in mano l'agenda. Lesse di nuovo, e se non fossero società? Digitò su google la prima denominazione. Una banca privata, sedi in tutto il mondo. Hai capito? Aveva il conto ufficiale e quello ufficioso. Provò una prima combinazione di codici, ma la *home page* della banca *online* la rifiutò, come errore. Due tentativi ancora. Al secondo entrò. Troppo prevedibile, nessuno ti conosce come me, hai sempre parlato tanto, a sproposito. La cifra del saldo fece tremare le vene ai polsi di Giovanni.

«Cazzo!» esclamò, ad alta voce.

5

Guidava nel cuore della notte, in un punto qualunque della pianura padana. La cosa più difficile fu portare via il cadavere sulle spalle e al contempo trascinare con sé il trolley. Ma la strada sotto l'ufficio di Marco a quell'ora era esangue, disabitata, nessuno l'aveva visto trafficare col portabagagli. Guidava e riordinava le idee. Le più logiche le scartava a priori. Tutto questo non ha alcun senso, bisogna fare un salto quantico, cambiare paradigma. Ok, lui muore annegato, una nuotatina di mezzanotte, alle Cinque Terre, può capitare... Io ero a Milano, però. Sì, e allora? Può testimoniarlo solo Carnevale, ma perché dovrebbe? Chi glielo va a chiedere? E poi io me sono tornato subito a Roma, nessuno mi ha visto da Marco, nessuno.

«Cazzo!» esclamò di nuovo, ripensando al conto della banca straniera. Di quello certamente Allegra non ne è per niente a conoscenza. Il suo salvadanaio, i soldini sotto il materasso. Altro che vacanza, con quel denaro Marco si poteva ritirare a vita privata. Addio ai creditori, ai clienti, al lavoro.

Poteva dire a se stesso che aveva imboccato l'A1 per abitudine, al posto di andare sull'autostrada verso Genova. Ma non era così. Era come se il suo corpo pensasse per lui, più velocemente. Il suo recesso più buio aveva già scelto, bisognava solo aspettare che la decisione gli illuminasse la mente. Quante ore aveva di oscurità? Le notti sono brevi d'estate. Eppure percepiva di potercela fare. Di fermarsi neppure a parlarne, si sentiva come drogato di adrenalina, i sensi tesi allo spasimo, la luce nera del suo istinto primordiale lo guidava senza indugi verso la sua fine. Perché gli era chiaro ormai che a morire quella notte sarebbe stato lui, per interposta persona. Più elaborava il suo piano e più gli sembrava inappuntabile. Correva a velocità folle sull'asfalto e intanto prevedeva le alternative, gli imprevisti, i particolari: è come scrivere una sceneggiatura, in fondo, no? Quante ne hai lette di storie così? Ora si tratta di farlo. Una punta di melodramma, una di cinismo, tanto sudore. E una botta di culo, che non guasta.

Guidava e osservava in tralice la foto sul passaporto di Marco. Quante volte sei passato alla frontiera senza che neppure te lo guardassero? E poi, dai: i capelli, l'età, la statura... è pure dimagrito, sembra mio fratello, lo dicono tutti... ce la posso fare. Sì. Meglio di Adriano Meis, molto meglio. Lui non esisteva, Marco sì. È un gioco a somma zero. Io muoio stanotte, lui parte domattina. Vedrò l'oceano prima che si accorgano del cadavere. Tutto o niente. Si vince o si perde, basta compromessi. Marco è morto. Voglio vivere.

6

Ebbe paura di non farcela solo quando giunse sul Grande Raccordo Anulare. Ma le corsie erano sostanzialmente vuote. Aveva rimuginato per tutti gli Appennini prima di optare per il Lido di Ostia; in fondo era sempre territorio del comune di Roma e gli era stato imposto di non lasciare la città. Funzionava. E poi, inutile fingere, si trattava di avvicinarsi il più possibile a Fiumicino. Però, abbandonato il cadavere, era meglio se lasciava la macchina sulla spiaggia: uno mica si suicida e poi parcheggia in aeroporto! Quindi bisognava calcolare bene i tempi. Per i voli internazionali è meglio essere lì tre ora prima, meglio non fare quello che arriva all'ultimo al check-in, meglio non farsi notare, sparire nella folla anonima e giudiziosa dei turisti.

Scrisse la lettera d'addio appoggiando il foglio sul cruscotto, Pavese gli venne in automatico, le letture dell'adolescenza sono quelle che ti si appiccicano addosso e non ti mollano più. Poteva citare interi passi a memoria dei suoi libri. Poi trovò una busta trasparente e la infilò dentro. Alzò gli occhi al cielo: ancora un'ora, una e mezzo al massimo ed era giorno. Correre, correre, non c'è più tempo! *Povero me! Povero me! Arriverò in ritardo!* Che idiota che sei Bianconiglio, pensò sorridente, con il cadavere sulle spalle e i piedi nella rena.

Aveva pensato di portare al largo il corpo a nuoto, ma il

tempo a disposizione era davvero inclemente. Salto quantico, ricordi? Cambio di paradigma. Sciolse una cima di una barca in rada e si inoltrò, a colpi di remi, dentro, più dentro, dove il mare è mare e non un lido fangoso.

L'aria era umida, il mare calmo, niente dappertutto, non un uccello, non una bava di vento. Era questa la pace, questo il silenzio che aveva cercato per tutta la vita? Il cuore gli picchiava nelle orecchie, a dirgli che era vivo, che il silenzio, per uno che vive di parole, non esiste. Estrasse il cadavere dai sacchi neri, poi ci infilò gli indumenti e le scarpe di Marco. Si accorse di avere ancora gli occhiali di Marco in tasca, li mise insieme al resto della sua roba. Ora toccava a lui spogliarsi. L'idea di tornare a nuoto, completamente nudo, quasi lo entusiasmava. Mise tutto in bella posa, pure la lettera, ripulì le impronte con un fazzoletto, si annodò al braccio il sacco con gli effetti personali del morto. Che non era più Marco, da quel momento, ma Giovanni. Anzi: prese un foglio di giornale ingiallito che era nella barca e ripulì il suo portafogli che poi posò nella mano di Marco. Con il caldo che c'era il *rigor mortis* aveva già bloccato l'articolazione, ma riuscì a fare imprimere abbastanza impronte sul cuoio. Fece lo stesso con i remi. Infine gettò il cadavere fuori dallo scafo. Ci mise poco, meno di quanto immaginasse, a calare a fondo. Chissà quando sarebbe risalito...

Era ora del suo tuffo. Voleva sentire l'acqua coprirgli le spalle, bagnargli il capo, andare a fondo, ascoltare il silenzio del mare, rinascere all'aria, a colpi di bracciate. L'acqua era calda, schiumava appena, la luna piena si stava arrendendo all'alba imminente, i bagliori elettrici sul litorale sembravano friggere e dissolversi.

È una notte perfetta per morire, pensò Giovanni. E per rinascere, rispose Marco.

7

Mentre percorreva gli ultimi trecento chilometri per arrivare alla frontiera col Brasile, Tobías Klein si rese conto che tutto era filato liscio come l'olio, persino troppo, quasi che un miracoloso allineamento dei pianeti influenzasse positivamente ogni sua mossa, anche la più azzardata. Sembrava quasi un risarcimento da parte della sorte. O forse ormai aveva come raggiunto una lucidità oltreumana, criminale, lui, da sempre il ritratto dell'onestà.

Quindi era vero? La vita era sopraffazione? Chi non si poneva scrupoli vinceva sempre? Che ne era degli insegnamenti dei suoi genitori, del sacrificio, della rettitudine?

Quella notte in cui morì, tornato a riva, aprì il trolley, si rivestì in fretta e furia e si mosse verso Fiumicino. Strada facendo distribuì, di cestino in cestino, la roba stropicciata di Marco, ma si tenne gli occhiali, gli sarebbero serviti alla dogana. Spesso fissiamo più la nostra attenzione su certi accessori che sulla fisionomia, pensava. Giunse all'aeroporto che era giorno pieno, ma non girava ancora molta gente. A guardarsi riflesso su una porta a vetri faceva paura. Non poteva presentarsi così al check-in. Entrò quindi in un bagno, si mise a petto nudo e si diede una sciacquata dozzinale. Poi si rasò per bene, lasciando solo la peluria sulle labbra, per confondere un po' il volto, e cercò di pettinarsi alla bell'e meglio. Inforcò le lenti. Gli girava un po' la testa, ma poteva farcela.

Alla dogana un carabiniere svogliato diede un occhio fugace al documento e lo lasciò andare. Due scali internazionali e ventiquattro ore dopo, a El Alto, la prima cosa che fece appena sceso fu buttare nel cestino gli occhiali. Agli arrivi l'attendeva un indio con un cartello che indicava il suo nuovo nome. Marco aveva pensato a tutto, a quanto pare. Un'ora appresso nell'atrio del suo albergo lo stava aspettando qualcun altro. Questo indio di certo non lo era. L'uomo provò a porgergli un saluto di benvenuto in un italiano traballante. Il suo accento però era fin troppo familiare a Giovanni (Marco, mi chiamo Marco, io non sono più Giovanni).

«Wenn Sie wollen, können wir auch Deutsch reden» gli disse Marco, ammiccante.

L'uomo allargò un sorriso di sollievo. «Danke, das wäre für mich viel bequemer.»

Questo è il bello delle banche svizzere, pensò. Ovunque vai nel mondo, ne trovi sempre una.

Marco, l'altro Marco, quello che ora galleggiava chissà dove sul litorale laziale, aveva pensato proprio a tutto. Grazie al suo zelo nel giro di un paio di giorni *il fu* Giovanni Tolusso aveva risolto ogni impiccio finanziario. Facile come bere un *mate* di coca. Solo una mattina ebbe come un sussulto, quando dalla reception gli dissero che una ragazza lo cercava dall'Italia. Barbara, pensò, irrazionale. Avere poi gabbato al telefono lo sbirro milanese non lo rasserenava. Basta emozioni. Barbara starà bene, le ho assicurato una vita senza debiti. Il passato è passato.

*

Arrivò a San Matías e scese dalla corriera. Il confine lo attraversò a piedi, si lasciò alle spalle un militare che parlava in spagnolo e lo accolse uno che gli chiedeva i documenti in portoghese.

«Tobías Klein?» domandò, sbagliando la pronuncia.

Il nome l'aveva scelto così, d'impulso. Un tributo all'infanzia, alla sua Kleinbasel. A pensarci bene, non facciamo che continuare a disseminare tracce, per quanto si cerchi di negarlo. Come nella favola, come Pollicino. Forse vogliamo essere trovati.

«Sim» rispose.

«Motivo da viagem?»

Ricominciare, voleva rispondere. Ma disse solo: «Férias».

Un minuto dopo, all'autonoleggio, era alla ricerca di una macchina che lo conducesse verso l'ignoto.

IL LETTO

1

Ferraro si girava e rigirava nel letto – così bagnato di sudore da sembrare pantano – come fosse un dannato nel girone dei golosi. Si malediceva e rigirava, rigirava e malediceva, senza pace.

Prima diede la colpa alla birra gelata, poi al peperoncino, infine alla *'njera*. E invece doveva dare colpa solo a se stesso e alla sua voracità sottoproletaria. Mangia tutto, non lasciare niente nel piatto!, gli diceva sua madre da ragazzino. Tutta colpa dei bambini del Biafra, loro morivano di fame e lui non poteva esimersi dallo spazzolare il piatto. Solo che da fanciullo aveva un metabolismo che gli permetteva di digerire pure i copertoni, se gliel'avessero dati da mangiare. Bruciava ogni cosa che ingeriva, era sempre magro magro, come un chiodo, proprio come lo chiamavano gli amici del cortile. Ora non era più cosa, pure il ventre, da qualche lustro, iniziava a dilatarsi.

Ma che gli anni passino è una cosa che il nostro animo non vuole capire. Abbiamo un'idea, un'immagine di noi stessi che non ha nulla a che vedere con la realtà dei fatti. Nella testa siamo ancora quei randagi che a vent'anni si scofanavano teglie di lasagne al ragù e poi andavano a giocare a pallone come nulla fosse, ma il corpo, l'unico davvero consapevole, il cinico realista della famiglia, lancia in tutti i modi segnali d'avvertimento, reagisce, cerca di metterci in guardia. Niente da fare. Cocciuti come bimbi restiamo convinti della nostra immortalità. Poi però passiamo le notti con una incudine sullo stomaco e il duodeno in fiamme; quelle dell'inferno, al quale nessuno potrà mai scampare.

Come un infante nel cuore di un incubo, dopo tre ore di aggrovigliamenti sull'alcova sudaticcia – mancava solo che invocasse italicamente la genitrice –, decise d'imperio di sedersi. Una notte così non se la poteva permettere, già faceva un caldo tropicale, ci voleva pure la digestione bloccata. Si alzò, nel buio, andò a tentoni verso il cucinotto. La figlia dormiva beata come un angioletto sul divano in soggiorno. Non era per pudore che non giaceva nel letto paterno, ma per sopravvivenza spicciola. Ferraro russava come la motosega di un killer seriale in un B-movie, stargli affianco, soprattutto dopo cene luculliane tipo quella appena trascorsa, era come praticare uno sport estremo senza il casco e il paracadute. La voglia era di accarezzarla. Tanto sapeva che non si sarebbe svegliata. Aveva mangiato lo stesso inferno del padre, ma dormiva beata sopra una soffice nuvoletta paradisiaca. Ecco, appunto: corpo e mente, in questo caso, erano coetanei. Non si imbrogliavano a vicenda.

Le passò una mano sui capelli, come quand'era bambina. Quella che era ancora oggi per lui, e che forse sarebbe stata per sempre. In cucina aprì sportelli e tiretti. Ci voleva qualcosa per spurgare l'intasamento. Una grappa, magari... No, meglio non esagerare. Un digestivo... Avercelo! Una tisana. D'estate, alle tre di notte. Eppure appariva come la soluzione più razionale. Da ragazzo neppure sapeva cosa fosse una tisana. Sembrava una cosa da vecchine che giocano a canasta il giovedì al gerontocomio. E ora smontava la cucina come un drogato che cerca i soldi nella borsetta della madre per procurarsi una dose d'eroina. È proprio vero, *tempus fugit*.

2

Tisana alla verbena. Rilassante e digestiva. Se Mimmo fosse venuto a saperlo l'avrebbe preso per il culo per mesi. Solo che aveva sbagliato a programmare il microonde e ora la tazza era più rovente di una colata di piombo fuso. Si aiutò con una presina e allungò con acqua del rubinetto. Alla fine aveva mezzo litro di tisana da smaltire (ché non si butta niente, mai!) e tutta la notte davanti per digerire. Gironzolò nel buio, spalancò finestre, fece scrocchiare il collo, urinò. Ogni tanto sorseggiava l'intruglio, era quasi tentato di accendere il computer, ma poi andava a finire che faceva l'alba su chissà quale equivoco sito. Pensa che figuraccia la figlia che al mattino trova il padre riverso sulla tastiera e sul monitor acceso una maggiorata in perizoma che ti invita a chattare con lei: *Live, tutto vero, ho voglia di te, chiamami ora!*

Tornò dalla figlia, giusto per sentirsi pulito. S'erano lasciati, poche ore prima, con Giulia che voleva parlargli di qualcosa, ma fra aprire il divano e preparare la valigia, gli era passato di mente. Me lo dirà domani, pensò, non è una tipa che se le dimentica le cose, mica come me! Abortì un rutto. La verbena funzionava, insomma. Appoggiò la tazza sul tavolino, voleva stiracchiarsi un po'. S'accorse perciò di un libro appoggiato ai piedi del divano. Lo tirò su: non era suo. Lo stava leggendo la figlia. Prese tazza e libro e si diresse in cucina, tanto per fare qualcosa.

Accese la luce e lesse: *Il mestiere di vivere*. Siamo in un brutto *mood*, rimuginò. Manca solo che mi diventi una emo!

Aprì la copertina, sul frontespizio una dedica in matita: «a Giulia, la ragione per la quale sono ancora qui. Riccardo». Riccardo? Ma che minchia vuole da mia figlia 'sto maniaco depressivo? Vaffanculo a te, Riccardo, tu e i tuoi ricattucci morali da nerd sfigato! Ma poi chi cazzo è 'sto Riccardo? Non me ne ha mai parlato.

Gli venne la voglia di cancellare con la gomma una dedica così patetica, degna di un poeta brufoloso, come se in questo modo potesse cancellare il fatto che la figlia ormai avesse una sua vita, delle frequentazioni sue, sbagliate o giuste che fossero, comunque indipendenti da quella del padre.

Vedrai che è l'amico secchione della classe, si giustificò. Giulia è così buona che parla con tutti, sembra santa Teresa di Calcutta. Insomma, se la raccontò così, per evitare che la digestione si bloccasse di nuovo.

Poi s'accorse di alcuni foglietti fra le pagine, come segnalibri. «Papà» c'era scritto in testa. Aprì, il libro era sottolineato in più parti, con ordine. Frasi ad effetto, di quelle che mandi a memoria per tutta la vita. 1937. Un aforisma era contornato dalla grafite, come a evidenziarlo meglio.

Ma la grande, la tremenda verità è questa: soffrire non serve a niente.

Porca merda, pensò Ferraro. Io questa la conosco. L'ho già sentita. Andò coll'indice all'altro segnalibro a lui indirizzato. Era di questo che voleva parlarmi Giulia. Perché non diamo mai retta ai figli? Allontanò impercettibilmente le pagine per vedere meglio. Qui urge visita oculistica, pensò sconsolato. 1938. Anche in questo caso la citazione era riquadrata a matita:

Non manca mai a nessuno una buona ragione per uccidersi.

Porca puttana! Non può essere un caso. Bevve tutta la tisana, d'un fiato. Sudava vistosamente, ma non per il caldo o per la bevanda. Era per l'agitazione.

Ennò, bello mio, non può proprio essere un caso, dai... Girava per le stanze, inseguito dai punti di domanda che gli fioccavano dalla testa. Cioè, insomma... o facevano parte tutti e due di una setta di fanatici pavesiani, o... no, non ha senso... Si sedette sul letto. Gli uscì un rutto fragoroso. Dio benedica la verbena, e chi se ne frega di Mimmo.

Si sdraiò col capo appoggiato alla testiera.

E lui, poi... no, non sembrava addolorato, semmai stupito. In fondo non se l'aspettava che chiamassi. O forse si aspettava qualcos'altro. Qualcun altro. E poi dai... stiamo parlando di un commercialista! Che cazzo legge un commercialista? Legge? Al massimo Bruno Vespa, o i romanzi di Coelho, per rifarsi una verginità. Mica Pavese. Chi cazzo se lo legge Pavese? Cos'è questo ritorno alla letteratura depressiva? Com'è, più siamo in crisi e più vogliamo soffrire? Sarà l'effetto catarsi, forse...

Lento lento, scivolò sempre più orizzontale. Le palpebre pesavano. Era stata una giornata lunga, faticosa. Dopo una vacanza ce ne vorrebbe un'altra, per riposare davvero.

Un commercialista che mi cita Pavese, paro paro, dopo

che gli dico che un suo amico s'è suicidato. E quell'altro che mi lascia una lettera d'addio che è un plagio bello e buono. Di Pavese. No, non è un caso. Ora... forse sono matto io... magari è la digestione, ma...

Altro rutto. Si girò sul fianco, occhi chiusi.

Non fare lo sbirro, dai. È una storia troppo assurda quella che ti viene in mente, tutto si può sicuramente spiegare in modo meno contorto. Che fai, ti diverti a lasciare indizi? Per cosa? Com'era quella favola, quella delle molliche di pane... magari... magari, se... se sento Tartaglia... domani... ma che... gli... dico...

Iniziò a ronzare, impercettibile. Il cervello si accendeva e spegneva, sempre più lentamente.

Forse dovrei sentire Lanza... lui... in queste cose... lui... con i suoi agganci internazionali... potrebbe... magari... anche solo per curiosità, anche solo...

Trovò la posizione che cercava da tutta la notte.

Lanza, sì... lui... lui, di certo... Ma poi... poi... ma chi se ne frega!

Morfeo fece il resto.

Ecco, voglio fermarmi qui, spegnere il motore, uscire, respirare. Qui, nel perfetto nulla, niente alle mie spalle, niente di fronte a me. Niente e tutto. Una casa in lontananza, poco più di una baracca con l'umile veranda dipinta d'azzurro, questi alberi dalla foggia strana, gracili nel fusto, generosi nella chioma. Un uccello bianco, sconosciuto, dal collo corvino, il becco sproporzionato, nerissimo; danza sulle pertiche delle zampe, oltre le chiome incolte della steppa. Qui voglio stare, per un po', respirare l'umido dell'aria, sentire il silenzio farsi spazio dentro. Tutto questo soffrire – il dolore patito, il male inferto – mi disgusta. Ci vuole umiltà, non orgoglio. La felicità si paga, si conquista, si costruisce, con le mani che si piagano per lo strazio, la fronte che s'imperla per la fatica. Come quella casa azzurra, fiabesca, modesta e vera. Come la casa di mio padre, masso dopo masso, tegola su tegola. Mia, perché mia fu la paura di cadere nel vuoto. Basta storie, basta fingere. Tornare a fare, seminare, raccogliere. Tornare a dare e ricevere. Non una parola. Un gesto. Non scriverò più.

Gratulatoria

Il primo grazie va a Marco, collega scrittore che un giorno, a Torino per il Salone, mi suggerì di fare l'alchimista. Ecco fatto! Poi voglio manifestare la mia solidarietà incondizionata a tutti gli amici che hanno avuto un anno pieno di problemi economici e familiari. Fra questi Michele, Saverio, Gaetano, Severino.

Il libro è dedicato a Vinicio, che sa perfettamente di cosa parlo.

Indice

Il silenzio non esiste...   7

La barca   9
La raccomandata   23
La bicicletta   39
La casa   61
Il telefono   81
L'ufficio   93
Il cimitero   105
La macchina   117
Il cibo   135
La maschera   149
La bacinella   159
Il letto   181

Ecco, voglio fermarmi qui...   191

www.tealibri.it

Visitando il sito internet della TEA potrai:
- **Scoprire subito le novità dei tuoi autori e dei tuoi generi preferiti**
- **Esplorare il catalogo on-line trovando descrizioni complete per ogni titolo**
- **Fare ricerche nel catalogo per argomento, genere, ambientazione, personaggi... e trovare il libro che fa per te**
- **Conoscere i tuoi prossimi autori preferiti**
- **Votare i libri che ti sono piaciuti di più**
- **Segnalare agli amici i libri che ti hanno colpito**
- **E molto altro ancora...**

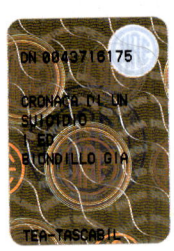

Finito di stampare nel mese di settembre 2014
per conto della TEA S.r.l.
da Reggiani S.p.A. - Brezzo di Bedero (VA)
Printed in Italy